Le grand envol

À mon père

Le grand envol

Guilhem Lesaffre

Éditions du chêne

sommaire

Automne

Hiver

Printemps

Deux fois par an, des milliards d'oiseaux occupent le ciel européen, de jour comme de nuit. Certains de ces migrateurs se contentent de déplacements modestes qui ne leur font pas quitter le continent tandis que d'autres poursuivent leur périple jusqu'en Afrique, voire aux abords des glaces antarctiques.

Avant-propos

Qu'ils pèsent dix grammes ou mesurent plus de deux mètres d'envergure, ils peuvent parcourir des milliers de kilomètres, provoquant chez nous, pauvres bipèdes cloués au sol, émerveillement, voire fascination.
Le mystère de cette irrépressible pulsion entraînant le flux et le reflux des migrations explique en partie l'attrait qu'elles continuent à exercer sur l'être humain. Des artistes japonais à Audubon, de Beethoven à Olivier Messiaen, des guerriers Massaïs aux moines de Shaolin, de Selma Lagerlöf à Ivan Tourgueniev, peintres, graveurs, compositeurs, danseurs, écrivains ou poètes de civilisations éloignées dans le temps comme dans l'espace ont célébré migrations et oiseaux migrateurs à travers leurs créations. Ces grands voyages ont même pu revêtir une signification religieuse, comme pour les Romains ou les Indiens d'Amérique.
Aujourd'hui, les migrations intéressent surtout les ornithologues amateurs et les chercheurs qui tentent de faire toute la lumière sur ces déplacements de grande ampleur. Les uns et les autres ont encore de quoi satisfaire leur passion car loin d'être un phénomène aux lois figées, les migrations continuent d'évoluer, routes et destinations se modifiant au fil du temps.
Ce livre célèbre la splendeur des migrations et la beauté des migrateurs. On y trouvera également l'essentiel des explications connues à ce jour sur ce phénomène naturel.

Pages de garde
Grues cendrées dans le brouillard.

Faux titre
Envol de grues cendrées.

Pages 4 et 5
Vol de sternes caugeks.

Pages 6 et 7
Atterrissage d'oies cendrées.

Pages 8 et 9
Courlis cendrés (en vol) et huîtriers pies (posés).

Pages 10 et 11
Grues cendrées en migration.

Page de titre
Leur blancheur rendue encore plus éclatante par l'azur profond du ciel, les bernaches nonnettes se hâtent de fuir l'Arctique avant l'hiver. En adoptant des formations de vol géométriques, elles rendent un peu moins épuisant le long voyage qui peut les conduire du Groenland ou du Spitzberg jusqu'aux îles Britanniques, où elles passeront l'hiver.

Page de sommaire
L'essor des grues.

Ci-contre
Conflit entre cygnes chanteurs.

Automne

L'insensible flétrissure du feuillage, la fraîcheur inhabituelle d'un petit matin, l'imperceptible variation de la qualité de la lumière ou encore une odeur de terre humide et de champignons… autant d'indices qui, pendant des siècles, à travers toute l'Europe, ont signalé aux habitants des campagnes l'arrivée de l'automne.

L'irrésistible appel du sud

Quand les premiers vols d'oies ou de grues venus du septentrion commençaient à strier le ciel, cinglant vers des contrées plus clémentes, alors le doute n'était plus permis : les beaux jours étaient enfuis.
Cette manifestation, originale par son dynamisme, témoignait – et témoigne encore – d'une volonté de continuer à vivre au lieu de disparaître dans un effacement provisoire ou définitif comme le font les végétaux abandonnant leur feuillage ou les mammifères et les reptiles plongeant dans l'hibernation.
À présent que nos liens avec la nature se sont distendus, que nous sommes bien moins intimement liés avec elle, rares sont ceux qui pensent encore à lever les yeux en espérant découvrir dans le ciel ce que le philosophe Alain a joliment appelé « la géométrie mouvante » des vols d'oiseaux migrateurs.
Moins nombreux encore sont ceux qui peuvent déceler, à l'ouïe ou à la vue, l'une de ces troupes de voyageurs ailés.
Pourtant, comme depuis des temps immémoriaux, chaque automne, des centaines de millions d'oiseaux déferlent sur le vieux continent.
Ils continuent à passer au-dessus de nous, survolant nos villes et nos campagnes, de jour comme de nuit. Comment tout cela se déroule-t-il ? Et pourquoi partent-ils ?

En portrait
Fulmar boréal.

À droite
Puissance maîtrisée, sérénité, absolue beauté des formes, les cygnes chanteurs s'apprêtent à se poser.

Pages précédentes
Une myriade de vanneaux huppés défile à bonne altitude, parfait exemple du caractère massif des déplacements migratoires en automne.

cinq milliards d'oiseaux

Les oiseaux ne sont pas les seuls animaux effectuant des déplacements de grande ampleur. Des mammifères et des insectes, de l'éléphant africain au papillon monarque américain, ont aussi recours aux migrations saisonnières. Toutefois, ce phénomène est plus aisément perceptible chez les oiseaux, à la fois parce que la migration se déroule sur fond de ciel et qu'elle intéresse un très grand nombre d'espèces et d'individus. La plupart des oiseaux migrateurs, après s'être consacrés à la nidification, effectuent des mouvements d'importance variable vers le sud – de quelques centaines à plusieurs milliers de kilomètres. Ces déplacements constituent la migration « de départ » ou « postnuptiale », puisqu'elle succède à la reproduction. Les oiseaux migrateurs quittent les régions où ils se sont reproduits essentiellement pour des raisons liées à la dégradation des conditions climatiques et à la diminution ou à la disparition – effective ou prochaine – des ressources alimentaires.

« Je voyais
avec un plaisir indicible
le retour
de la saison
des tempêtes,
le passage des cygnes
et des ramiers,
le rassemblement
des corneilles
dans la prairie
de l'étang,
et leur perchée
à l'entrée
de la nuit
sur les plus hauts
chênes du grand Mail. »

François René de Chateaubriand

Lorsqu'un oiseau migrateur traverse une région donnée, il est qualifié d'oiseau « de passage ». S'il s'y arrête durant la mauvaise saison, il devient alors un « hivernant ». Bon nombre de ces migrateurs, une fois l'hiver fini, reprendront le chemin du nord, vers leurs zones de reproduction. Ce sera alors l'occasion d'un autre mouvement migratoire appelé migration « de retour » ou prénuptiale ».

Toutefois, le déplacement automnal des oiseaux est beaucoup plus spectaculaire que celui du printemps. La raison principale en est simple : les voyageurs sont beaucoup plus nombreux. On a estimé à 5 milliards le nombre d'oiseaux européens – appartenant à environ 200 espèces – partant hiverner sur le continent africain. Ce chiffre considérable représente environ le dixième du total mondial des oiseaux migrateurs. Aux adultes s'ajoute l'énorme contingent des millions de jeunes oiseaux nés depuis le printemps. De plus, les effectifs sont, dans l'ensemble, encore intacts. Il n'en sera pas de même quelques mois plus tard et bien des oiseaux manqueront à l'appel lors de la « remontée » de printemps. L'épuisement, la faim, les accidents, la prédation et, bien sûr, la chasse, auront entre-temps prélevé un très lourd tribut.

Une deuxième raison concourt à rendre le passage migratoire automnal plus perceptible. Même s'il est délicat de définir un schéma d'ensemble tant les variations locales sont nombreuses, on peut noter que la durée de sa phase la plus active est plus importante. Les premiers mouvements sont sensibles dès la fin du mois de juillet alors que les ultimes déplacements d'une certaine ampleur se situent vers la fin de novembre. Entre temps, de mi-août à mi-novembre, les migrateurs sont particulièrement actifs. Ce sont donc trois bons mois qui se trouvent concernés. Au printemps, en revanche, ce sont plutôt deux mois, avril et mai, qui voient se concentrer l'essentiel de l'activité migratoire.

À gauche
Immense ruban barrant le ciel, la file mouvante des grands cormorans s'étire et ondule. Chacun d'eux donne l'illusion de vouloir rattraper celui qui le précède.

À droite
Une bande bigarrée et dansante de chardonnerets élégants fuit vers le sud. Moins spectaculaires que les passages d'oies ou de cigognes, les mouvements de petits oiseaux intéressent cependant des centaines de millions d'oiseaux à travers l'Europe.

Pages suivantes
Déchirant l'air de leurs vigoureux battements d'ailes, les oies des moissons cinglent vers l'Europe occidentale en calligraphiant en plein ciel un splendide V majuscule. Au terme de leur voyage, elles retrouveront les prés et les éteules qui les accueillent chaque année.

Des théories fantaisistes

Les raisons qui poussent les oiseaux migrateurs à se lancer dans des déplacements coûteux en énergie ont depuis longtemps intrigué les naturalistes ou, du moins, les personnes intéressées par les phénomènes naturels. Pourtant, l'idée même de migration ne s'est imposée qu'avec peine. Jusqu'au début du XIXe siècle, en effet, des personnalités du monde scientifique, comme le grand Cuvier, ont ajouté foi aux croyances héritées de l'Antiquité selon lesquelles les oiseaux qui disparaissaient aux approches de l'hiver se terraient dans des anfractuosités diverses pour y hiberner. L'on pensait même, au mépris des considérations physiologiques les plus élémentaires, que les hirondelles s'enfonçaient dans la vase des étangs pour y passer la mauvaise saison. Pourtant, qu'il s'agisse d'Aristote, quatre siècles avant notre ère, des Français Pierre Belon, au milieu du XVIe siècle, ou Buffon, au XVIIIe siècle, certains esprits moins crédules ou plus ouverts ont supposé, voire constaté, le départ ou l'hivernage d'espèces comme les cailles, les cigognes ou les grues.

Quoi qu'il en soit, les raisons expliquant l'apparition des migrations ont depuis lors fait l'objet de nombreuses hypothèses. Il ne peut d'ailleurs s'agir que de conjectures car nous ne possédons aucune preuve des éventuels mouvements des populations d'oiseaux, même si nous disposons de traces, sous forme de restes osseux, de la présence de telle ou telle espèce, à une époque donnée, dans un lieu précis. Ces découvertes peuvent laisser supposer que les oiseaux concernés se soient déplacés d'un point à l'autre de façon saisonnière, mais l'honnêteté intellectuelle commande d'en rester au stade des suppositions.

Au rythme des glaciations

Toujours est-il que certaines des raisons fondamentales que l'on suppose à l'origine des migrations, telle la nécessité de s'adapter aux disponibilités alimentaires locales, peuvent s'appliquer aux oiseaux migrateurs des différents continents. Cependant, d'autres motivations sont plus spécifiquement liées à la nature même de l'Europe et à son histoire « récente » à l'échelle géologique.

Ainsi les épisodes glaciaires – dont le dernier débuta voici plus de 70 000 ans pour prendre fin il y a environ 15 000 ans – ont-ils joué un rôle important dans la stimulation du phénomène migratoire et dans l'établissement de ses modalités particulières. Progressivement repoussées, siècle après siècle, vers le sud par l'avancée des glaces, de nombreuses espèces ont été amenées à découvrir de nouveaux territoires méridionaux auxquels elles ont été contraintes de s'adapter. D'autres, ne cédant pas de la même manière à la pulsion de la fuite, du voyage, ont sans doute été décimées en affrontant de trop rudes conditions environnementales. Lors du recul des calottes glaciaires, en revanche, les oiseaux ont pu remonter peu à peu vers le nord afin de nicher sur des terres rendues « libres ». Celles-ci étaient ensuite abandonnées une fois la nidification terminée, notamment en raison de l'existence d'une saison froide succédant à une saison plus clémente.

« Des ailes ! des ailes ! des ailes ! comme dans le chant de Ruckert, pour voler, là-bas avec elles au soleil d'or, au printemps vert ! »

Théophile Gautier

À gauche
Signes d'une évolution en cours, la blanche silhouette serpentine des grandes aigrettes s'observe à présent en des lieux où elle était jusqu'alors inconnue.

À droite, en haut
Venues de Suède ou de Finlande, les grandes troupes de pigeons ramiers migrateurs strient le ciel automnal. Les vastes chênaies ibériques assurant généreusement la provende hivernale sont encore loin…

À droite, en bas
Malgré l'ampleur de cette population de cigognes blanches dérivant dans les courants chauds, chaque oiseau trouve sa place.

La plupart des espèces repartaient alors vers ces régions situées plus au sud qu'elles avaient appris à connaître et à apprécier par le passé. On suppose qu'une partie des va-et-vient migratoires que nous connaissons aujourd'hui ont été instaurés ou en tout cas renforcés dans ces conditions schématiquement définies. Il n'en reste pas moins vrai que des mouvements migratoires ont dû se manifester avant même l'alternance des périodes glaciaires et interglaciaires, ne serait-ce qu'en fonction de l'existence d'un régime de saisons tranchées propre aux régions tempérées et boréales. Néanmoins, celui-ci ne représente pas l'unique facteur susceptible de générer les migrations puisqu'elles touchent aussi une partie des populations d'oiseaux fréquentant les zones tropicales.

Le phénomène migratoire est décidément riche en énigmes de toutes sortes, qu'il s'agisse de ses origines ou de ses modalités avec, au premier rang de celles-ci, le grand mystère de l'orientation, abordé au chapitre suivant. Il est facile, par exemple, de comprendre que des espèces soient chassées d'une région lorsque les conditions climatiques la rendent inhospitalière. Rien d'étonnant à ce que les hirondelles, insectivores, fuient les contrées qui, l'hiver venu, ne recèlent plus la moindre proie. On pourrait d'ailleurs objecter que, ceci étant, il est surprenant que ces oiseaux éprouvent le besoin de remonter vers le nord pour nicher alors qu'ils pourraient peut-être le faire dans les régions où ils trouvent refuge en hiver. C'est oublier que la compétition pour les sites de nidification et la nourriture indispensable à la survie des individus et à la perpétuation de l'espèce est intense et pousse bien des oiseaux à la constante recherche d'un espace vital.

Ci-dessus
La nidification terminée, les tadornes de Belon se réunissent pour un temps dans la mer des Wadden, au large des Pays-Bas, afin d'y effectuer leur mue en toute tranquillité. Une fois leurs ailes dotées de nouvelles plumes, elles peuvent se disperser vers les contrées où elles passeront l'hiver.

À droite
Détentrice de records stupéfiants en matière de longueur des trajets accomplis, la sterne arctique offre une silhouette merveilleusement profilée. Sans doute faut-il y voir un élément d'explication aux prouesses d'endurance qu'elle accomplit en totalisant chaque année plus de 30 000 kilomètres.

une horloge interne

Si le cas des hirondelles est assez clair, que penser de celui du coucou gris ou du martinet noir ? Chez ces espèces, les départs des zones de nidification ont en général lieu alors que la température est encore élevée et la nourriture – constituée d'insectes – abondante. Dès lors, pourquoi partir ?

L'erreur serait de penser que les oiseaux sont capables d'anticiper, et de se représenter la future dégradation de leurs conditions de vie. En réalité, ils sont soumis à ce qu'il est convenu d'appeler leur « horloge interne ». Le fait que les scientifiques aient pu donner, au XXe siècle, cette explication n'enlève d'ailleurs rien au côté extraordinaire de ce dispositif biologique. Sans entrer trop avant dans les détails, on a déterminé que les oiseaux, comme les autres êtres vivants d'ailleurs, sont dotés d'un système complexe qui, *via* les glandes endocriniennes, organise leur rythme annuel. La mue (ou les mues) – c'est-à-dire le renouvellement des plumes, qui sera abordé dans la troisième partie de l'ouvrage –, la reproduction et, le cas échéant, les déplacements migratoires constituent les grandes étapes de ce cycle annuel qui se déroule selon une succession précise. Une partie de ces processus internes est en relation directe avec la durée du jour et donc avec la quantité de lumière dont peuvent profiter les oiseaux. Pour mieux comprendre ce phénomène, il suffit de considérer ce que nous-mêmes ressentons au sortir de l'hiver, lorsque les beaux jours s'installent progressivement. Cette sensation euphorique, cette impression de revivre, de renaître, sont bien causées en grande partie par l'allongement de la durée du jour agissant sur notre système biologique.

voyages de groupes

Chez les oiseaux, les migrateurs solitaires ne sont pas les plus nombreux alors que les voyageurs amateurs de compagnie sont légion. Il semble logique que les espèces qui se reproduisent en formant des colonies, choisissent de migrer de façon collective ou, à tout le moins, de se retrouver sur les lieux propices aux haltes migratoires. Les sternes, par exemple, voyagent volontiers en petites bandes ou en groupes plus importants. Les guêpiers, eux aussi, se déplacent en troupes, de même que les grands cormorans. Toutefois, les représentants de bien des espèces qui se reproduisent isolément ou de façon relativement dispersée s'assemblent une fois venu le temps des migrations. C'est le cas des oies, des canards, des grues, des cigognes, de la plupart des limicoles comme les bécasseaux, les chevaliers ou les gravelots, ou de certains rapaces comme les milans. Ces rassemblements peuvent être dus aux modalités de la migration. Si un seul point de passage est propice, il est normal que les oiseaux s'y concentrent. Mais ils peuvent aussi rechercher

instinctivement la compagnie de leurs congénères pour des motifs liés à la sécurité. Des centaines de paires d'yeux valent mieux qu'une lorsqu'il faut repérer un danger. En outre, les prédateurs hésitent davantage, en règle générale, à s'attaquer à de grands groupes d'oiseaux. La masse les impressionne en quelque sorte et rend leur choix d'une victime précise plus délicat.

Cette propension à migrer en groupe est une aubaine car elle est génératrice de spectacles souvent étonnants, parfois superbes. Le lent passage d'un « train » de cigognes blanches fort de plusieurs centaines d'individus au-dessus du détroit de Gibraltar, le défilé de dizaines et de dizaines de ces élégants rapaces que sont les bondrées apivores, filant sans effort par un col pyrénéen, ou encore le passage massif des pigeons ramiers – les célèbres « palombes » du Sud-Ouest, formant ce que l'on appelle là-bas les grands « vols bleus » – en route vers l'Espagne nourricière. Ce peut être aussi le passage de milliers de grues dans le nord de l'Allemagne ou dans la région des lacs de Champagne, dans le nord-est de la France. De semblables exemples pourraient être multipliés à l'envi.

Ci-dessus, à gauche
En dépit de sa taille – il n'est guère plus gros qu'un moineau ! –, le bécasseau de Temminck est un voyageur accompli capable de rallier l'Afrique, jusqu'aux abords de l'équateur, après avoir niché dans la toundra arctique.

Ci-dessus, à droite
Le chevalier sylvain fait son nid un peu plus au sud que le bécasseau de Temminck mais sa migration peut l'amener jusqu'en Afrique australe !

À droite
La confusion n'est qu'apparente. Les oies viennent de décoller et ne tarderont pas à adopter des formations de vol régulières, ainsi qu'elles ont l'habitude de le faire depuis des millénaires. En outre, dans ce simulacre de désordre, les groupes familiaux restent bel et bien constitués.

Lorsque le phénomène migratoire a été reconnu et accepté, il a fallu mettre au point un système permettant de se faire une idée assez précise des directions choisies par les oiseaux migrateurs, des trajets empruntés et des buts atteints. La solution, à l'évidence, consistait à marquer les oiseaux d'un signe destiné à les individualiser.

Et pourtant ils partent...

Après l'essai de divers procédés et bien des tâtonnements, le baguage s'est imposé comme le meilleur moyen de « marquer » un oiseau. Le pionnier en la matière fut un instituteur danois, Christian Mortensen qui, dans les toutes dernières années du XIXe siècle, eut l'idée d'utiliser des bagues en aluminium portant des indications gravées.

En portrait
Souvent appelé « perroquet de mer » en raison des vives couleurs de son bec en période nuptiale, le macareux moine quitte les falaises où il a niché et se dirige vers le large. Il passera ensuite l'hiver en plein Atlantique Nord, ballotté par les flots durant plusieurs mois.

À droite
Cette grue cendrée semble claironner l'appel préludant au grand voyage. Très tôt, les déplacements des grues ont été connus dans leur détail. Il est vrai que leur taille ne leur permet guère de passer inaperçues. En outre, elles ont longtemps constitué un gibier recherché, si bien que les chasseurs avaient appris leurs mœurs et, notamment, les modalités de leurs passages migratoires.

une bague à la patte

Le principe en est simple. Chaque oiseau migrateur, en général capturé à l'aide d'un filet léger judicieusement placé en tenant compte des habitudes des espèces visées, est muni, à la patte, d'une bague d'aluminium portant un code. Il faut ensuite attendre que l'oiseau soit à nouveau capturé – on parle alors de « contrôle » – ou retrouvé mort – il s'agit dans ce cas d'une « reprise ». On connaît ainsi le point de départ et le point d'arrivée mais, bien sûr, le trajet parcouru demeure inconnu dans son détail. Cela est particulièrement vrai lorsque les dates de capture et de contrôle ou de reprise sont séparées par un important laps de temps durant lequel l'oiseau peut avoir vagabondé.

Depuis quelques dizaines d'années, de nouveaux procédés ont été mis au point afin de suivre des oiseaux au long de leurs déplacements sans avoir à les capturer pour les identifier. Ces systèmes comprennent notamment des bagues colorées en matière synthétique légère (Kevlar ou PVC) posées sur une patte ou les deux et dont l'agencement permet de connaître l'origine des oiseaux. Les espèces de grande taille reçoivent des bagues dont la surface permet l'inscription d'un code alphanumérique lisible à distance. D'autres équipements, en matière plastique colorée, consistent en plaques fixées à l'aile ou encore en colliers ou « cravates » passés au cou. Ces dispositifs, ultralégers, sont censés ne pas gêner les oiseaux qui en sont équipés, tels les hérons ou les oies. Le gros avantage du numéro lisible de loin est qu'il permet de connaître l'identité précise d'un oiseau donné, ainsi que son âge et son origine. Outre l'intérêt scientifique que présente l'observation d'oiseaux ainsi marqués, c'est un vrai bonheur pour l'observateur d'apprendre, après consultation de l'équipe de baguage – à présent facilitée par l'Internet – que telle bernache cravant, petite oie au plumage sombre, qu'il vient d'apercevoir, est âgée de onze ans au moins et a couvert la distance respectable séparant la presqu'île de Taïmyr, en Sibérie centrale, d'une petite baie des Côtes-d'Armor, dans le nord de la Bretagne...

En quelques décennies, et malgré la modestie des taux de contrôle ou de reprise des oiseaux bagués pour de nombreuses espèces (en général de 1 à 4 % pour les passereaux de petite taille mais parfois moins de 0,5 %), les nombreux programmes de baguage menés à travers le monde ont permis d'engranger une énorme quantité de données sur les déplacements migratoires des oiseaux et de mieux les connaître et les comprendre. D'ailleurs, bien des espèces autrefois concernées par les études reposant sur le baguage, ne le sont plus à présent. Les chercheurs considèrent que les résultats obtenus sont suffisants et ne justifient plus que l'on expose inutilement les espèces concernées aux risques – faibles mais réels – liés au baguage.

« [...] La foule
des formes invariables
s'ordonne
dans le mouvement même,
chacun des individus
se glissant
dans le sillage du voisin
et y trouvant avec bonheur
sa forme encore dessinée.
Quant au détail
de cette mécanique volante,
nous aurions grand besoin
de quelque mémoire écrit
par une oie géomètre ;
mais ces puissants voiliers
n'en pensent pas si long. »

Alain

À gauche
Si les grosses bagues passées aux pattes des oiseaux entachent quelque peu leur beauté naturelle, ces équipements se révèlent précieux quant à la compréhension des déplacements des espèces migratrices ainsi équipées.

À droite
Tant qu'ils restent en vol, les grands cormorans ne livrent rien de leur origine. Ce n'est qu'une fois posés qu'ils peuvent éventuellement révéler leur secret grâce aux bagues porteuses d'informations lisibles à distance.

Les progrès récents de la technologie dans les domaines des émetteurs et de leur miniaturisation ont autorisé des avancées décisives dans la connaissance des déplacements migratoires. La pose de minuscules balises Argos, par exemple, sur des cigognes ou des albatros a permis de connaître dans le détail les déplacements à long rayon d'action de ces grands oiseaux.

course d'orientation

Lorsque le déroulement des migrations a été mieux connu grâce, d'abord au baguage, il restait encore aux spécialistes à comprendre comment les oiseaux parvenaient à s'orienter au cours de leurs déplacements. Là encore, si les connaissances en la matière ont bien progressé, et ne cessent de le faire chaque jour, bien des énigmes ou, du moins, des interrogations subsistent.

De façon schématique, on sait qu'ils s'orientent grâce à différents procédés, sans doute en les combinant de diverses manières. Ces moyens comprennent la navigation aux étoiles, l'orientation par rapport au soleil ou le repérage à vue reposant sur la connaissance de la topographie, apprise et durablement mémorisée. S'y ajoutent, pense-t-on, des systèmes moins « cartésiens », comme la perception du champ magnétique terrestre, celle de la lumière polarisée (permettant de localiser le soleil même lorsque le ciel est voilé) ou la sensibilité aux infrasons autorisant par exemple de se situer par rapport au bruit produit par les vagues d'une mer, même éloignée. Certains chercheurs vont même plus loin en supposant une sensibilité particulière aux odeurs. Cette dernière possibilité ne pourrait toutefois s'appliquer qu'aux quelques familles d'oiseaux dotés d'un odorat suffisamment développé, comme certains oiseaux de mer proches des albatros.

Toutes ces explications ou hypothèses n'expliquent pourtant pas tout. Le cas des jeunes coucous gris – mais on pourrait en citer bien d'autres – reste vraiment étonnant. En effet, les jeunes sont capables de se rendre spontanément de l'Europe où ils ont vu le jour, à l'Afrique tropicale où ils passeront l'hiver alors que leurs parents sont partis avant eux, les précédant même généralement de plusieurs semaines. Difficile, dans un tel cas, de parler d'apprentissage ou de mémorisation. Comment ces jeunes coucous gris connaissent-ils leur destination et les routes à suivre pour y parvenir ?

Sans doute les progrès de nos connaissances nous permettront-ils un jour de percer ces mystères. En attendant, on ne peut qu'être stupéfait et admiratif devant de telles performances.

Ci-dessus
Embrassé à quelques centaines de mètres d'altitude, un paysage offre un aspect bien différent de ce que l'on perçoit depuis le sol. Les oiseaux migrateurs disposent ainsi, par beau temps, d'une sorte de carte où figurent, tels autant de jalons, des éléments de reconnaissance, comme le découpage des côtes ou les zones humides.

À gauche
Au printemps, le coucou gris signale bruyamment son arrivée. N'étant pas avare de son chant, celui-ci lui a valu un nom évocateur dans la langue de chacun des pays qu'il fréquente. Le départ vers le sud est en revanche très discret. Devenus silencieux, les coucous s'éclipsent furtivement dans le courant de l'été.

À droite
Le grand voyage automnal réunit les oies à bec court venues du Spitzberg, d'Islande ou du Groenland en survolant les flots de longues heures durant.

si certaines espèces peuvent migrer sans s'élever dans les airs, tels les manchots dont les ailes en forme de nageoires n'autorisent que la nage, la très grande majorité des oiseaux utilisent la voie aérienne pour effectuer leurs déplacements migratoires.
C'est là, de fait, un moyen éminemment pratique de voyager.

Tout pour le vol

Certes, le vol – du moins le vol battu, car nous verrons que le vol à voile est différent – est un moyen de locomotion occasionnant une dépense d'énergie très élevée mais cet aspect négatif est avantageusement compensé par la vitesse de déplacement obtenue, et donc par le temps relativement faible consacré à cet effort intense.

En portrait
La cigogne noire est un grand planeur que son envergure de deux mètres emporte sans effort vers l'Afrique.

À droite
Les petits passereaux, dont l'envergure est souvent inférieure à une trentaine de centimètres, peuvent néanmoins accomplir à leur rythme des déplacements de réelle ampleur. Cette bergeronnette printanière de race nordique passe ainsi chaque automne de la Sibérie occidentale à l'Afrique tropicale.

Légèreté et puissance

Que tout soit réuni chez l'oiseau pour faciliter au maximum le vol ne surprendra personne mais l'examen de ces atouts force l'admiration. Schématiquement, les avantages dont jouissent les oiseaux en matière de locomotion aérienne sont la légèreté, la puissance musculaire et quelques adaptations physiologiques spécifiques.

La légèreté, tout d'abord, repose essentiellement sur un squelette aux os peu massifs et, surtout, pneumatisés, c'est-à-dire non seulement creux – et néanmoins solides car renforcés par un enchevêtrement d'« entretoises » – mais aussi pourvus de « sacs aériens ». Ces poches en relation avec le système respiratoire sont réparties dans tout le corps, jusque dans certains os. Par ailleurs, les oiseaux sont dépourvus de vessie et leur urine, fortement concentrée, prend la consistance d'une pâte blanchâtre. La peau, enfin, privée de glandes sudoripares, est extrêmement fine.

La plume, en outre, offre un remarquable compromis entre poids, résistance et efficacité. Solidement implantée sur l'aile, elle autorise le vol et, imperméable à l'eau comme à l'air, assure une efficace isolation thermique.

Les muscles du vol sont les pectoraux qui représentent à eux seuls environ un tiers du poids total de l'oiseau. Leur fort développement est lié à celui du bréchet, cette lame osseuse saillant en avant du sternum et dont sont dépourvus les oiseaux incapables de voler.

Enfin, les poumons, relayés par les sacs pneumatiques, sont protégés dans une cage thoracique indéformable qui évite leur écrasement lorsque les ailes sont rabattues vers le bas au cours du vol.

Ci-dessus, en haut
Une impression de puissance se dégage des oies en vol. Ces voiliers endurants sont dotés de longues ailes pointues mues par de volumineux muscles pectoraux.

Ci-dessus, en bas
Les grues cendrées élèvent sans difficulté leur vol, au point de n'être plus visibles à l'œil nu.

À droite
Les limicoles volent vite grâce à des battements d'ailes rapides et de peu d'ampleur. Une fois lancés, ces chevaliers arlequins peuvent, sans forcer leur talent, filer à une soixantaine de kilomètres à l'heure.

Altitude de vol

Les oiseaux migrateurs se déplacent à des altitudes variables, mais pour la plupart d'entre eux, elles sont de l'ordre de quelques centaines de mètres. L'altitude moyenne est en général plus importante la nuit ainsi qu'à l'occasion du passage de retour, au printemps. Toutefois, on estime que près du tiers des oiseaux voyagent entre 1 000 et 2 000 mètres, tandis qu'un pourcentage beaucoup moins important dépasse ces valeurs. Bien souvent, ce que l'on pourrait appeler le gros de la troupe circule aux alentours de 400 mètres dans la journée et entre 700 et 900 mètres de nuit. Ces valeurs doivent être modulées selon des paramètres comme le relief, la présence ou non d'étendues d'eau, la force du vent, le type de vol et, bien sûr, l'espèce concernée.

À lui seul, le vent exerce une influence déterminante sur le comportement des migrateurs. S'il est modéré et portant, c'est-à-dire orienté dans le sens de leur déplacement, les oiseaux en profitent pour s'élever sans crainte. Dans le cas contraire, si le flux aérien est rapide et vient de face, les voyageurs diminuent leur altitude de vol. Lorsque le vent devient trop fort, de nombreux oiseaux, surtout parmi ceux de petite taille, n'hésitent pas à descendre au point de voler pratiquement au ras du sol. Enfin, en cas de vent excessif, surtout s'il est défavorable, les migrateurs les moins bien armés pour affronter des conditions sévères interrompent leur périple plutôt que de risquer d'être déportés, notamment vers la mer.

L'altitude de vol, ainsi qu'il a été précisé, dépend également dans une large mesure de l'espèce. Les passereaux, en majorité de taille réduite, volent relativement bas. Ainsi, en milieu urbain, il n'est pas rare de voir défiler des pinsons ou des alouettes à hauteur du toit des immeubles. A contrario, les canards, les oies, les rapaces ou les limicoles, se déplacent à des hauteurs plus importantes.

Les avantages liés au vol à bonne hauteur sont nombreux et appréciables. L'air est en effet d'autant plus frais que l'altitude est élevée ; or l'air est d'autant plus pénétrable – les frottements étant réduits – que sa température est basse. En outre, le vent a tendance à être plus établi en altitude et, atout supplémentaire, les turbulences verticales sont en général réduites. Enfin, en altitude, les risques de tomber sur un prédateur sont bien plus faibles.

Les oiseaux utilisant le vol battu ont une propension à voler moins haut que les espèces recourant au vol à voile, dont le cas est bien particulier. Ces oiseaux, cigognes et rapaces notamment, profitent des courants thermiques ascendants pour planer sans effort en se laissant emporter à bonne hauteur. Une fois parvenus au sommet d'une ascendance, ces grands planeurs bénéficiant d'une surface portante étendue amorcent une descente oblique orientée dans le sens du déplacement souhaité, jusqu'à ce qu'ils rencontrent une autre ascendance qui les entraînera à nouveau en altitude, parfois à plusieurs milliers de mètres au-dessus du niveau de la mer.

À ce propos, les records d'altitudes sont détenus par des oies et un vautour qui ont été respectivement contrôlés à 9 000 et 11 000 mètres, les premières au-dessus de l'Himalaya, le second en Afrique. On peut légitimement se demander comment des êtres à sang chaud peuvent supporter de telles altitudes, sachant qu'il y règne des températures très basses et que l'oxygène y est rare. L'explication, récemment découverte, tient au fait que ces oiseaux possèdent un sang composé de plusieurs types d'hémoglobine à la viscosité et aux performances variables en matière de transport de l'oxygène. À titre de comparaison, c'est un peu comme si un moteur de voiture pouvait disposer d'une huile aux caractéristiques lubrifiantes variables selon les conditions d'utilisation.

vitesse de vol et endurance

Il est difficile de déterminer avec précision la vitesse de vol d'un oiseau donné. Mais, quels que soient les procédés utilisés, les valeurs constatées sont moins élevées que l'on aurait pu s'y attendre. En général, le vol de migration se déroule à raison de quelques dizaines de kilomètres par heure : 30 ou 40 pour de petits oiseaux, jusqu'à 60 ou 80 pour des espèces de taille supérieure. Dans des conditions très particulières, c'est-à-dire lorsqu'ils se trouvent entraînés par les courants aériens rapides, certains oiseaux, comme les cygnes ou les oies, peuvent atteindre des vitesses bien supérieures, dépassant parfois 150 kilomètres à l'heure.

Contrairement à ce que l'on serait tenté de croire, la plupart des migrateurs ne consacrent pas de longues périodes au vol. Dans bien des cas, au contraire, surtout chez les petits passereaux, ce ne sont environ que deux, trois ou quatre heures du jour ou de la nuit qui sont dévolues au déplacement quotidien.

Certaines espèces sont capables de voler pendant un temps considérable lorsqu'elles y sont obligées par une vaste étendue d'eau à traverser ou un désert à franchir. Il existe ainsi des limicoles comme le bécasseau maubèche ou le pluvier fauve qui, en provenance des contrées arctiques d'Amérique du Nord où ils ont niché, sont contraints de survoler l'océan Atlantique avant de gagner l'Islande ou les îles Britanniques d'une traite, ce qui impose une durée de vol d'une bonne centaine d'heures constituant une performance assez stupéfiante. Enfin, tout récemment, le record d'endurance homologué a été remporté par un cygne de Bewick qui a couvert une prodigieuse étape de 1 700 kilomètres entre la Russie et la Lituanie !

Ci-dessus, de haut en bas
Faucon hobereau, goéland bourgmestre et pygargue à queue blanche. Petits voyageurs ou grands migrateurs, les oiseaux disposent d'un moyen de locomotion privilégié lentement façonné par des millions d'années d'évolution.

À droite
Le busard cendré au regard d'or (en haut) ou l'aigrette garzette peuvent cesser un temps de battre des ailes tout en continuant à progresser. Le gain d'énergie ainsi obtenu est appréciable.

« Fuir ! Là-bas fuir ! Je sens que des oiseaux sont ivres
d'être parmi l'écume inconnue et les cieux ! »

Stéphane Mallarmé

que les oiseaux migrateurs puissent voyager la nuit paraît incroyable et provoque en général l'étonnement. On conçoit sans peine que des espèces nocturnes, au premier rang desquelles les chouettes et les hiboux, bien sûr, mais aussi les engoulevents, n'éprouvent aucune difficulté à se déplacer en pleine obscurité.

voyage au bout de la nuit

Il peut en revanche sembler inconcevable que des oiseaux habitués à vivre de jour parviennent à sillonner le ciel en pleine nuit. C'est pourtant le cas, et de manière très affirmée. Les oiseaux migrateurs nocturnes sont en effet sensiblement plus nombreux que les voyageurs diurnes, tant en nombre d'espèces qu'en effectifs totaux. Comment expliquer ce phénomène ?

En portrait
À l'image de l'oie cendrée, les autres oies et les canards sont des migrateurs nocturnes également capables de se déplacer de jour.

À droite
Répondant à l'appel de la nuit, les grues cendrées inscrivent leur impressionnante silhouette dans le ciel vespéral.

Ballet nocturne

Une partie de l'explication tient au fait qu'à côté des migrateurs strictement ou quasi exclusivement nocturnes, comme les passereaux insectivores (fauvettes, gobe-mouches, grives, rossignols...), les limicoles, les canards ou encore la caille des blés ou le coucou gris, on trouve des migrateurs diurnes susceptibles de se déplacer également de nuit, comme les pipits ou les alouettes. Inversement, les fringilles – groupe de passereaux granivores auquel appartiennent pinsons ou linottes – ou les hirondelles migrent à peu près exclusivement de jour. De même, les grands planeurs comme les cigognes, les pélicans ou la majorité des rapaces ont besoin d'ascendances thermiques pour voler sur de longues distances en économisant leurs forces. Ainsi donc, en automne et au printemps, alors que nous dormons, à quelques centaines de mètres au-dessus de nos toits, le ciel nocturne est sillonné de millions d'oiseaux, composant un incroyable ballet aérien qui passe inaperçu en dépit de son ampleur.

Dans la sécurité de la nuit

Paradoxalement, la migration nocturne présente toute une série d'avantages. Pour commencer, le gain de temps est appréciable. Théoriquement, en effet, un migrateur diurne dispose quotidiennement de moins de temps pour se déplacer. Il doit en effet réserver une partie de la journée à la prise de nourriture, au détriment du temps dévolu au voyage, la nuit étant de toutes façons consacrée au repos. A contrario, un migrateur nocturne consacre au vol une partie plus ou moins importante de la nuit, puis se pose pour reprendre des forces et rechercher de la nourriture au cours de la journée.

De plus, les conditions de vol sont meilleures durant la nuit, ce qui entraîne une rentabilité plus élevée de l'effort musculaire, donc un gain d'énergie. Plus frais, l'air nocturne est plus facilement pénétrable. En règle générale, le vent est moins fort de nuit et mieux établi. Enfin, les turbulences verticales sont moins fréquentes et moins marquées. À ces raisons mécaniques, s'ajoutent des avantages d'ordre physiologique. Ainsi les oiseaux sont-ils, de nuit, moins exposés aux risques d'élévation de la température interne et de déshydratation, dangers liés à une activité musculaire soutenue.

Un autre facteur de sérénité repose sur l'absence à peu près totale de prédateurs en période nocturne, surtout si l'altitude de vol est suffisamment élevée. Pour ajouter encore à leur sécurité, les migrateurs nocturnes volent à des altitudes qui, à l'origine, les mettaient à l'abri des obstacles naturels et les préservent maintenant – pas toujours cependant... – des pièges mortels que représentent notamment les fils aériens et autres câbles.

Ci-dessus
Les oiseaux liés à l'eau sont volontiers actifs la nuit, qu'il s'agisse de se nourrir ou de se déplacer. Toutefois, en période migratoire, ils peuvent aussi s'accorder des instants de repos, comme ont choisi de le faire ces grues cendrées. Pattes dans l'eau, elles se sentent à l'abri d'éventuelles incursions de prédateurs terrestres.

À droite
Glissant sur un fond de nuages frangés par l'or du soleil mourant, ces grues cendrées s'apprêtent peut-être à une nuit de vol qui leur permettra de franchir d'une traite plusieurs centaines de kilomètres.

Pages suivantes
Le ciel nocturne est tout à elles. Les grues cendrées survolent une large zone humide qui constituera peut-être pour certaines d'entre elles une étape idéale.

« L'oiseau, de tous nos consanguins le plus ardent à vivre, mène aux confins du jour son singulier destin. Migrateur, et hanté d'inflation solaire, il voyage de nuit, les jours étant trop courts pour son activité. Par temps de lune grise couleur du gui des Gaules, il peuple de son spectre la prophétie des nuits. »

Saint-John Perse

La piste des étoiles

On l'a vu, les oiseaux migrateurs disposent entre autres pour se guider d'un compas stellaire. De nombreuses expériences ont démontré l'existence de ce précieux atout. On suppose par ailleurs que cette connaissance de la voûte céleste est, au moins pour partie, acquise par les jeunes oiseaux lorsqu'ils séjournent au nid. Ils prennent alors l'habitude d'observer à la fois le mouvement apparent des étoiles et la stabilité de l'étoile polaire. Durablement mémorisées, ces observations seront autant d'indices précieux lorsque le moment sera venu de se mettre en route pour la première migration. À ces données enregistrées s'ajoutent des éléments plus délicats à cerner mais dépendant de ce que nous appellerons par commodité l'instinct.

Ce compas stellaire n'est par ailleurs que l'un des divers systèmes permettant aux oiseaux de se repérer en pleine nuit ; il en existe d'autres, pense-t-on, qui peuvent probablement être utilisés en association. Ainsi, lorsque les étoiles sont masquées, les oiseaux peuvent se guider d'après la position du soleil au moment de sa disparition derrière la ligne d'horizon, ou bien en se repérant à des bruits naturels comme celui des vagues indiquant la présence de la mer ou celui du vent s'engouffrant dans une vallée.

Ci-dessus
La plupart des petits passereaux migrent de nuit. Adepte déclaré de l'obscurité, le gobe-mouches nain voyage de l'Europe orientale à l'Inde en une succession de trajets nocturnes. Son gros œil trahit un oiseau armé pour tirer parti d'une maigre luminosité.

À droite
Ces grues cendrées paraissent obéir à une mystérieuse signalétique céleste.

Des cris dans la nuit

Les migrateurs nocturnes se montrent très loquaces. Les voyageurs diurnes le sont également, mais ces émissions vocales sont pour eux – peut-on supposer – d'une utilité moins nettement cruciale, le contact visuel pouvant suppléer au contact auditif. Les migrateurs nocturnes émettent donc de façon régulière des cris typiques, souvent bien différents de ceux qu'ils poussent de jour, et dont on pense qu'ils servent principalement à maintenir un rassurant contact avec leurs congénères, voire avec les représentants d'autres espèces. Naturellement, cette sécurité est toute relative car les cris peuvent être émis par des oiseaux en train de se tromper de direction et fonçant, par exemple, vers la mer… Peut-être existe-t-il toutefois des modulations particulières permettant de signaler la présence d'un danger.

Atterrissage d'urgence

Les oiseaux préfèrent sans nul doute se mettre en route lorsque la nuit est claire mais, si quelques heures après leur départ, les conditions atmosphériques se dégradent, surtout si le brouillard ou la pluie font leur apparition, les oiseaux sont bien obligés d'adopter un plan d'urgence. Il consiste en fait à se poser au plus vite, parfois au petit bonheur la chance. C'est ainsi que l'on peut trouver, au petit matin, des migrateurs dans les espaces verts urbains, voire sur les toits des immeubles si la brusque détérioration du temps a surpris les oiseaux au moment où ils survolaient une agglomération. Les dangers encourus augmentent alors considérablement. Ces atterrissages forcés concernent un si grand nombre d'oiseaux qu'on les appelle « chutes » ou encore « tombées ». Il est arrivé que le matin venu, les habitants des régions concernées trouvent le sol pour ainsi dire jonché d'oiseaux plus ou moins valides.

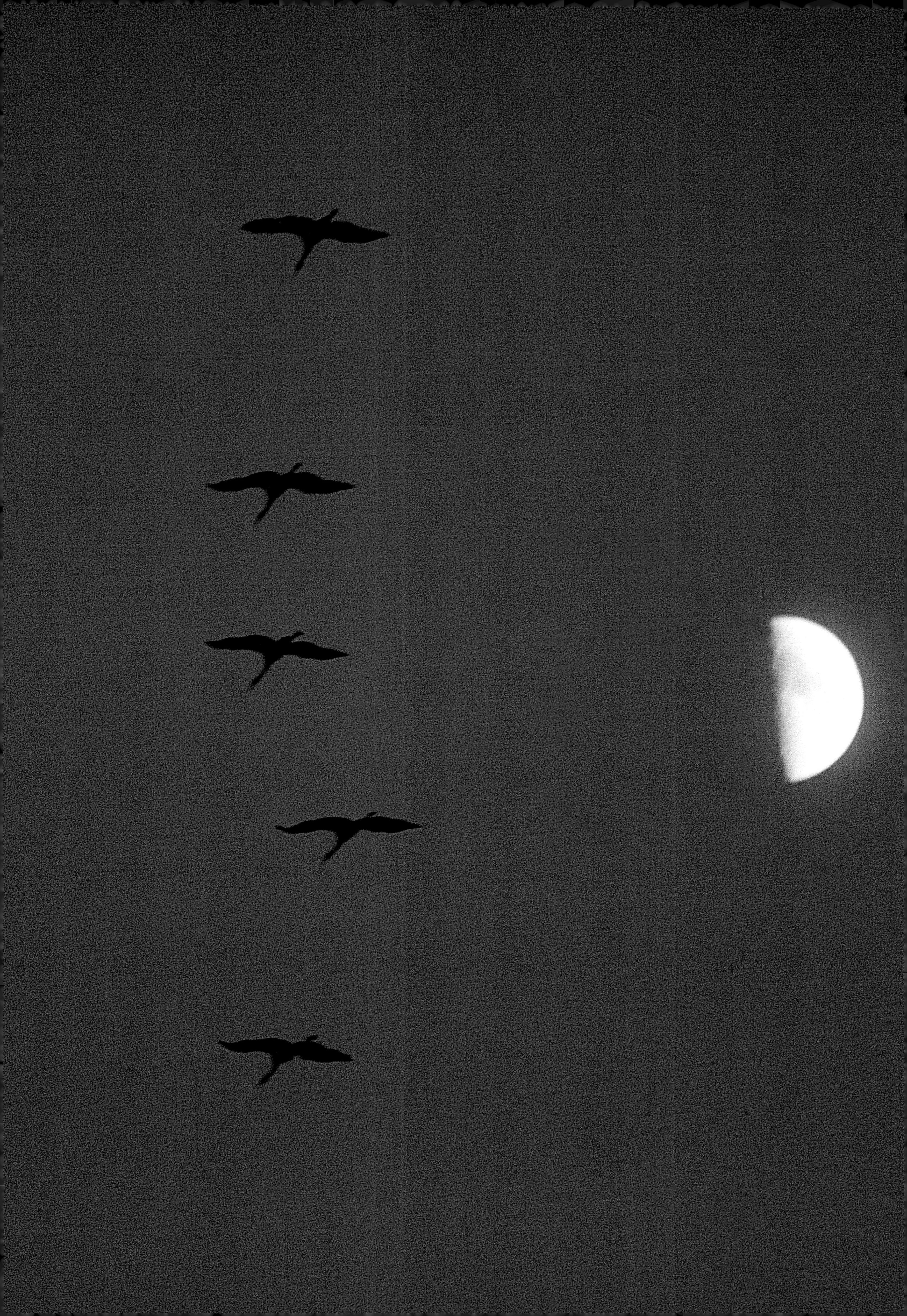

Des dizaines et des dizaines de millions d'oiseaux migrent. Il n'est donc pas étonnant de constater que ces voyageurs passent, en définitive « un peu partout », en évitant cependant les régions par trop inhospitalières.

voies célestes

A priori, un oiseau, pense-t-on, est capable de voler à peu près n'importe où, au-dessus de tout type de paysage. Dans la réalité cependant, les choses sont moins simples. En premier lieu, les oiseaux comme les fauvettes, les grives, les tourterelles ou les cailles, que l'on appelle « terrestres », évitent autant qu'ils le peuvent le survol des étendues aquatiques, singulièrement si elles sont d'une certaine taille. Inversement, les espèces aquatiques, rechignent bien souvent à survoler de vastes portions de terre ferme. Toutefois, leur aversion est nettement moins marquée que celle, inverse, manifestée par les oiseaux terrestres. Les hérons, les limicoles ou les canards, par exemple, passent sans hésiter au-dessus de l'intérieur des terres et même des vastes étendues désertiques. En fait, la répulsion exercée par les masses continentales est maximale chez les oiseaux marins dont certains, comme les océanites ou les puffins, très dépendants de leur milieu de vie, ne viennent au-dessus des terres que s'ils se trouvent déportés par de violentes tempêtes, en général d'ouest. Et encore trouve-t-on des oiseaux marins, comme les labbes, qui survolent les terres en circulant à haute altitude, notamment à l'occasion de leur remontée printanière vers les sites nordiques de nidification.

En portrait
Comme la majorité des grands oiseaux planeurs, le milan noir répugne à survoler les vastes étendues d'eau qui ne favorisent pas les courants thermiques ascendants dont il a besoin pour glisser sans peine, les ailes largement déployées.

À droite
Au cours de leurs migrations, les grues cendrées ont tendance à se montrer terriblement routinières. Les trajets à peu près invariables qu'elles empruntent les conduisent ainsi d'une étape traditionnelle à l'autre.

Des préférences avouées

Les déserts ou les massifs montagneux élevés constituent des zones dont les migrateurs, dans la mesure du possible, cherchent à s'épargner le survol. Enfin, selon les espèces, les zones fortement boisées ou au contraire absolument ouvertes, c'est-à-dire privées de végétation un tant soit peu haute, peuvent jouer un rôle attractif ou répulsif. Un limicole, comme le courlis cendré par exemple, se sentira en sécurité en survolant de vastes zones cultivées et s'efforcera de ne pas passer au-dessus d'une grande forêt. Tout au contraire, un geai des chênes tentera de rester le plus possible à couvert et ne se lancera qu'à regret dans la traversée d'une zone dépourvue de végétation où, médiocre voilier, il sait qu'il se trouve provisoirement très vulnérable.

La combinaison des contraintes et des préférences aboutit, localement, à l'existence de certains lieux favorables à la migration : vallées, langues de terre en bord de mer ou encore cols en montagne.

Tous au front

Les ornithologues reconnaissent trois types de déplacements migratoires en fonction de la largeur du front sur lequel avancent les oiseaux concernés.

De très nombreux oiseaux, au premier rang desquels les passereaux (qui forment, toutes espèces confondues, la grosse masse des migrateurs), mais aussi dans une certaine mesure les limicoles ou les canards, progressent sur un front très large, même s'il exclut en grande partie, comme il a été précisé plus haut, les régions montagneuses, désertiques ou les étendues marines. Hormis ces exceptions particulières, les migrateurs dont il est ici question effectuent leur déplacement sans privilégier clairement le survol de tel ou tel type de paysage.

D'autres espèces empruntent une route beaucoup plus nettement déterminée. La meilleure illustration de cette manière de procéder est la migration des grues cendrées. Ces grands échassiers – auxquels un chapitre entier sera consacré – traversent la France en diagonale sur un front dont la largeur normale n'excède guère, théoriquement 300 kilomètres environ et, dans la pratique se restreint à quelques dizaines de kilomètres. Il arrive néanmoins très régulièrement que certaines d'entre elles s'écartent quelque peu de ce trajet théorique, rendant ainsi possible leur observation en des régions d'où elles sont par ailleurs absentes en temps normal.

Le dernier cas de figure, enfin, mérite d'être détaillé ne serait-ce que parce qu'il donne lieu à des concentrations d'oiseaux spectaculaires.

À gauche
Pour les passereaux forestiers, comme ce pinson des arbres, les zones boisées sont accueillantes et leur survol à l'occasion des migrations ne suscite aucune appréhension, ce qui n'est pas le cas pour des oiseaux étrangers à ce type de paysage.

À droite
La plupart des milieux pourvus d'arbres conviennent au gobe-mouches noir en migration (ici, un mâle en plumage nuptial) qui n'hésite pas intégrer des espaces verts urbains à ses trajets lorsqu'il traverse l'Europe.

Rendez-vous au détroit

Le cas des grands planeurs a déjà été évoqué dans le chapitre consacré aux techniques de vol. Rappelons que certaines espèces – cigognes, pélicans, rapaces... – ont besoin d'être portées par des courants aériens chauds, ceux que l'on appelle des « thermiques » ou encore, de façon parfaitement évocatrice, des « ascenseurs ». Dans la mesure où ces courants ascendants ne sont générés que par le sol réchauffé par le rayonnement solaire, les migrateurs qui les exploitent ne peuvent pas survoler une étendue marine, à moins qu'elle ne soit de taille restreinte. Dans ces conditions, pour passer – schématiquement – d'Europe en Afrique et inversement, les migrateurs concernés se concentrent en quelques points où le franchissement de la mer est réduit au maximum. Les deux plus réputés sont le détroit de Gibraltar, entre l'Espagne et le Maroc, et celui du Bosphore, entre la Turquie d'Europe et celle d'Asie. Un autre site fameux, bien que hiérarchiquement moins important, est le détroit séparant le Danemark du sud de la Suède, avec côté suédois, la localité de Falsterbo. Passereaux et rapaces, notamment, en provenance d'une bonne partie de la Scandinavie, s'y retrouvent à l'automne pour accéder, dans un premier temps à l'Europe moyenne.

Alors qu'à Gibraltar et au Bosphore, les oiseaux doivent franchir la mer, aussi étroite soit-elle à ces endroits, à Eilat ils profitent de l'isthme étroit séparant la mer Rouge de la Méditerranée. Là, au sud d'Israël, d'énormes quantités d'oiseaux, parmi lesquels de fantastiques contingents de rapaces, passent de l'Europe et de l'Asie occidentale à l'Afrique et inversement. Coincés entre Sinaï, désert d'Arabie et mer Rouge, les migrateurs n'ont guère d'autre choix, d'où ces concentrations réellement spectaculaires.

Outre ces sites majeurs, on rencontre quelques lieux dignes d'intérêt même s'ils n'ont pas la même importance fondamentale. C'est ainsi que certaines îles de Méditerranée constituent des étapes commodes pour de nombreux oiseaux qui, sans dépendre étroitement du survol des terres comme les cigognes ou les grands rapaces, apprécient néanmoins la possibilité de faire escale entre Europe et Afrique. Malte ou Chypre, par exemple, accueillent d'importants effectifs d'oiseaux migrateurs.

Les points de passage que représentent les détroits pour les oiseaux terrestres sont également des « portes » commodes pour un certain nombre d'oiseaux marins comme les puffins ou les sternes. Il existe en outre des sites médiocrement mis à profit par les oiseaux terrestres mais très fréquentés par les oiseaux aquatiques, marins notamment, tels les plongeons, les alcidés (guillemots, pingouins...), les labbes, les canards marins (macreuses, eiders...). Un bon exemple de ce type de point de passage est l'étranglement existant entre Manche et mer du Nord, emprunté par quantité d'oiseaux choisissant de mettre à profit ce goulet plutôt que de survoler la terre ferme.

« Elle approche,
elle vient :
c'est la tribu des oies.
Ainsi qu'un trait lancé,
toutes, le cou tendu,
allant toujours plus vite
en leur vol éperdu,
passent
fouettant l'air
de leur aile sifflante. »

Guy de Maupassant

À gauche
À l'approche d'un plan d'eau de grande étendue comme un lac ou un bras de mer, certains migrateurs – parmi les petits passereaux, notamment – modifient leur itinéraire et préfèrent allonger leur route plutôt que de devoir se lancer au-dessus de l'inhospitalière surface liquide.

À droite
Même si elles sont susceptibles de filer au-dessus de la plupart des types de paysages en raison de la vitesse de leur vol et de l'altitude à laquelle elles évoluent, les oies cendrées (ici, un groupe d'humeur querelleuse) s'arrangent pour que des zones humides jalonnent les routes migratoires qu'elles empruntent. Les canards et les échassiers adoptent également cette stratégie répondant à des impératifs écologiques.

Les très longs trajets effectués d'une seule traite ont rarement la préférence des oiseaux migrateurs. Dans la majorité des cas, leur voyage est fractionné, pour des raisons d'ordre physiologique faciles à comprendre.

Les haltes propices

Sans ces haltes, il serait, d'ailleurs, difficile d'appréhender l'existence même des migrations. Comment, par exemple, prendre conscience de la migration nocturne des canards pilets entre l'Europe du Nord et l'Afrique, si on ne tombe pas sur une bande de ces oiseaux se reposant une journée sur un étang ?

En portrait
Un migrateur rare, l'ibis falcinelle.

À droite
Si les limicoles consacrent une part importante de leur temps à la recherche de nourriture, ils doivent aussi s'accorder quelques instants de repos afin d'économiser leurs forces et d'être à même de poursuivre leur voyage. Ce bécasseau variable a choisi d'interrompre brièvement ses déambulations pressées sur la vasière. Bec dans les plumes, il évite au mieux la perte de chaleur. L'œil mi-clos indique que le petit limicole reste sur le qui-vive.

La pause s'impose

Le « carburant » utilisé par l'organisme des oiseaux migrateurs est – comme chez beaucoup d'autres êtres vivants – la graisse accumulée en guise de réserves énergétiques. Ce carburant est principalement consommé lors de l'effort musculaire intense exigé par la migration. De façon mathématiquement rigoureuse, une quantité donnée de graisse « brûlée » correspond à la production d'une certaine quantité d'énergie musculaire (cet aspect sera examiné en détail dans le dernier chapitre). De manière tout aussi logique, une fois que toute la graisse, ou presque, a été consommée, l'organisme ne peut plus fournir d'effort musculaire. Parvenu à ce stade, l'oiseau migrateur est contraint de se poser pour reconstituer ses réserves en se nourrissant. Si, au moins dans le cas des espèces terrestres, il peut atterrir dans un milieu propice, il a de bonnes chances de reconstituer ses forces. Si, au contraire, le milieu est peu favorable ou nettement hostile – une étendue aquatique, par exemple –, la situation devient complexe, voire dramatique. Or, en règle générale, les oiseaux s'arrangent pour ne pas avoir à se poser en catastrophe aux seules fins de restaurer leur potentiel énergétique. Il est cependant nécessaire que la météo ne soit pas trop défavorable.

Si des vents violents, des pluies persistantes, voire des chutes de neige sous les hautes latitudes, interviennent, les données du problème sont nettement modifiées. C'est-à-dire qu'une quantité identique d'énergie ne permettra pas d'obtenir les mêmes performances que dans des conditions normales, une partie de l'énergie en question étant consacrée soit à lutter contre le vent, soit à lutter contre le froid, soit aux deux en même temps. C'est à cause de ces éléments perturbateurs, de ces multiples impondérables que les données théoriques ne peuvent en réalité jamais être exactement vérifiées dans la nature.

Des voyageurs plus ou moins pressés

De nombreux oiseaux migrateurs consacrent donc seulement une partie de la nuit ou de la journée à leur déplacement, du moins lorsque la migration est dans sa phase la plus active. Quelques dizaines de kilomètres, parfois, sont la maigre distance parcourue quotidiennement. En outre, lorsque le site, particulièrement attractif au plan de la sécurité et des disponibilités alimentaires, le permet, la halte se prolonge. Ce sont alors quelques jours qui sont consacrés au repos. Menée à ce rythme relativement tranquille, la migration peut demander plusieurs semaines et même quelques mois, notamment à l'automne. Dans les cas les plus marqués, il est possible de considérer la migration comme un processus sans cesse en action : arrivés au terme de leur voyage pour ce qui est de la latitude, certains oiseaux ne tardent pas à se remettre en route vers les régions où ils nicheront au printemps suivant.

À gauche
Le hasard des migrations conduit parfois les oiseaux à faire halte – parfois très brièvement – dans des milieux inhabituels, ne convenant parfois que médiocrement à leurs exigences. Cette fauvette à tête noire égarée à découvert se tient normalement dans les arbres et arbustes où elle capture les insectes posés sur le feuillage.

À droite
Au cours de ses déplacements, le chevalier guignette se montre peu exigeant sur le choix des haltes à condition qu'il y trouve de l'eau. Il arpente ainsi les rives des cours d'eau et des canaux, les berges des étangs, mais aussi celles de pièces d'eau artificielles, jusqu'en pleine ville.

Chez nombre d'oiseaux hivernant en Afrique australe, pour lesquels le départ d'Europe se situe en août ou septembre, l'arrivée au terme de leur odyssée ne prend pas place avant les mois de novembre ou de décembre. Globalement, le voyage automnal demande deux mois et demi à trois mois aux grands migrateurs accomplissant les plus longs déplacements, moitié moins pour ceux effectuant des trajets d'ampleur moyenne, et un mois en ce qui concerne les migrateurs les plus modestes.

Naturellement, à côté de ce schéma mettant en scène des migrateurs que l'on pourrait qualifier de tranquilles, on trouve des voyageurs infiniment plus dynamiques, capables d'enchaîner les kilomètres de manière proprement stupéfiante. Les exemples ne manquent pas en ce domaine. On connaît le cas d'oiseaux couvrant 1 000 kilomètres environ en à peine plus de vingt-quatre heures. Les prouesses des oiseaux canadiens ou groenlandais franchissant d'immenses étendues marines sans halte possible avant d'atteindre l'Europe ont déjà été mentionnées.

Marques de fidélité

Les informations obtenues grâce au baguage ont peu à peu permis de mettre en évidence un phénomène que l'on ne soupçonnait pas ou, du moins, dont on n'avait pas mesuré à la fois l'ampleur et les répercussions. Les oiseaux se montrent en effet bien souvent d'une très grande fidélité tant à leurs sites d'hivernage qu'aux trajets empruntés pour les atteindre. Les canards migrateurs comme les sarcelles d'été s'arrêtent ainsi sur les mêmes étangs année après année, avant de stationner en hivernage sur les mêmes zones

marécageuses africaines. De la même manière, les fauvettes paludicoles fréquentent les mêmes roselières européennes à l'occasion de leur migration de départ puis retrouvent les mêmes milieux une fois parvenues sur le continent africain. Les limicoles ou les rapaces montrent une semblable fidélité, qui suppose de merveilleuses capacités de mémorisation.
Les exemples illustrant ces capacités étonnantes ne manquent pas. Citons le cas de ce grand cormoran danois observé hiver après hiver sur le même site du nord de la France, et non seulement sur le même arbre mais encore sur la même branche ! Naturellement, de telles habitudes ont surtout l'occasion de se manifester chez les espèces possédant une certaine longévité mais elles ne sont pas les seules concernées. Ajoutons que si le baguage reste le moyen privilégié pour mesurer la fidélité des oiseaux migrateurs, ce n'est pas le seul. Des observateurs peuvent en effet identifier et reconnaître ensuite au fil des années un oiseau présentant un trait particulier.

La fidélité aux haltes migratoires et aux sites d'hivernage entraîne une certaine vulnérabilité des oiseaux possédant cette caractéristique. Il leur faut en effet être capables de s'adapter aux éventuelles modifications des milieux sous peine de voir compromises leurs chances de survie. Cet aspect sera abordé un peu plus loin.

À gauche
De très nombreux oiseaux inféodés au littoral s'arrangent pour ne pas s'en écarter lors des migrations. Ainsi les huîtriers pies sont-ils avant tout des limicoles côtiers qui aiment se nourrir ou se reposer sur les vasières découvertes à marée basse.

À droite, en haut
Les migrateurs doivent veiller avec le plus grand soin à l'entretien de leur plumage. Ces grands gravelots consacrent chaque jour de longs moments à la toilette des plumes et à leur lissage.

À droite, en bas
Alors que le bécasseau sanderling du centre étire patte et aile gauches dans un mouvement de confort dont les oiseaux sont coutumiers, celui de droite a brusquement cédé à la fatigue et, comme figé, somnole.

Pages suivantes
Splendide composition graphique comme en réservent souvent les troupes de migrateurs. À marée haute, les limicoles doivent impérativement disposer de « reposoirs » où attendre en toute tranquillité que la prochaine marée basse rende à nouveau accessibles les vasières nourricières. Les petits échassiers aiment se regrouper avec leurs semblables mais on notera la présence, parmi les bécasseaux variables (dont l'un est porteur d'une bague colorée), d'un grand gravelot « intrus » situé au milieu de la partie inférieure de l'image.

La bonne étape

Dans un sens général, l'expression « halte migratoire » peut s'appliquer à tout lieu accueillant, ne serait-ce que pour quelques heures ou plusieurs jours, un ou plusieurs migrateurs. Toutefois, certains milieux se prêtent mieux que d'autres à l'accueil des migrateurs mais, par exemple, une mare temporaire au milieu des champs retenant des courlis ou des chevaliers durant une heure ou deux constitue bel et bien une halte migratoire. En fait, lorsque les conditions atmosphériques se dégradent, les migrateurs peuvent être amenés à se poser un peu n'importe où. Un pouillot surpris par une forte averse nocturne sera contraint de se réfugier, selon les cas, dans un fossé encombré de végétation ou dans les bosquets d'un parc urbain alors que, dans des conditions normales, son choix se serait porté sur un milieu boisé comportant des arbres à feuilles caduques et un sous-bois fourni. Quoi qu'il en soit, le fossé ou le parc seront pour lui une halte migratoire de substitution, certes, mais vitale.

Dans l'idéal, cependant, les migrateurs recherchent délibérément les milieux qui leur conviennent le mieux. À cet égard, les espèces les moins spécialisées, les moins exigeantes sont les plus favorisées. Une fauvette à tête noire, une grive musicienne ou un rouge-gorge ont à leur disposition une grande quantité de sites boisés potentiellement favorables. Il n'en va pas de même pour les espèces aux besoins écologiques plus spécifiques, comme les oiseaux fréquentant les zones humides, qu'il s'agisse d'étangs ou de marais. Au cours de leurs déplacements migratoires, les râles, les marouettes, de nombreuses espèces de canards, les bécassines ou les butors, par exemple, dépendent dans une large mesure de la présence de milieux humides favorables.

Les oiseaux marins, pourtant écologiquement spécialisés, notamment les espèces pélagiques – celles qui se tiennent essentiellement au large – n'ont, quant à eux, pas de problème de halte migratoire puisqu'ils peuvent se poser sur l'eau si le besoin s'en fait sentir. Leur seul impératif est de localiser des zones suffisamment poissonneuses pour pouvoir s'y nourrir en route.

spectaculaires rassemblements

À travers l'Europe, les sites les plus favorables drainent des concentrations d'oiseaux migrateurs parfois énormes. Ce sont essentiellement des zones humides, souvent situées à proximité de la mer. Les plus fameux de ces sites revêtent une importance absolument capitale pour la conservation des oiseaux au plan international. Parmi eux figurent les marismas du Guadalquivir ou le delta de l'Ebre, en Espagne, le Nieusiedlersee, en Autriche, la Camargue ou le golfe du Morbihan, en France ou encore le delta du Danube, en Roumanie. À côté de ces lieux privilégiés, pour les oiseaux comme pour ceux qui les observent ou les étudient, il existe quantité de sites moins spectaculaires mais écologiquement très importants qui permettent aussi d'intéressantes observations. Comme les premiers cités, ce sont souvent des zones humides : étangs, marais, lagunes littorales, plaines inondables. Les estuaires, les côtes abritées comportant des vasières découvertes à marée basse et des reposoirs – îles, îlots, rochers... – à marée haute, sont également très attractifs à l'époque des migrations et peuvent le demeurer en période d'hivernage. Outre les milieux humides, les secteurs mêlant des biotopes variés sont également très appréciés des oiseaux migrateurs.

Ci-dessus, en haut
À des degrés divers, les oiseaux aquatiques migrateurs sont tributaires des zones humides au cours de leurs déplacements.

Ci-dessus, en bas
C'est là qu'ils peuvent trouver la nourriture souvent très particulière dont ils ont besoin pour reconstituer leurs forces ; c'est là aussi qu'ils se sentent le plus en sécurité et qu'ils peuvent donc se reposer dans de bonnes conditions. Les étendues d'eau ne sont pas les seuls milieux humides recherchés par les migrateurs qui apprécient aussi les prairies inondées ou détrempées.

À droite
En route vers l'Afrique, des cigognes blanches se sont rassemblées dans les chaumes, au sud de l'Andalousie. Après cette halte, mise à profit pour capturer quelques gros insectes, elles devront se lancer dans le franchissement du détroit de Gibraltar afin d'atteindre le rivage marocain.

« Cigognes musiciennes, amantes des cloches,
oh, quelle peine que vous ne puissiez chanter ! » [...]
Je vous aime avec douceur car je vous vois posées
avec l'âme de l'Égypte dans vos cœurs. »

Federico García Lorca

Ainsi, notamment pour les passereaux, une alternance de secteurs buissonneux et de zones herbeuses dégagées est-elle propice, de même qu'un mélange de cultures et de petits ensembles boisés. En revanche, des oiseaux comme les oies, les vanneaux, les pluviers dorés ou les grues, ont avant tout besoin de vastes zones ouvertes où la vue porte loin, garantissant aux bandes une sécurité optimale.

Les rassemblements d'oiseaux notés sur les sites les plus réputés sont d'ordinaire surprenants et parfois même impressionnants. Voir évoluer en un synchronisme parfait des milliers, voire des dizaines de milliers de limicoles – bécasseaux, barges, chevaliers –, observer des rochers côtiers disparaissant littéralement sous la foule des pluviers, des tourne-pierres ou des huîtriers, découvrir un étang entièrement couvert de canards, sont autant de visions qui marquent durablement ceux qui ont la chance d'en bénéficier. Réaliser que ces oiseaux viennent de contrées éloignées, qu'ils ont souvent voyagé de nuit et que dans peu de temps, ils seront ailleurs, dans un paysage en règle générale radicalement différent de celui qui les a vu naître, ajoute au sidérant effet de masse et à la dimension purement esthétique de ces spectacles.

« Le soir
je m'embarquais
sur l'étang,
conduisant seul
mon bateau
au milieu des joncs
et des larges feuilles
flottantes du nénuphar.
Là se réunissaient
les hirondelles
prêtes à quitter
nos climats. »

**François René
de Chateaubriand**

Dégradation des zones d'accueil

L'évolution des paysages dans une bonne partie du continent européen, singulièrement accélérée au cours des dernières décennies du XXe siècle, a affecté de très nombreuses espèces d'oiseaux migrateurs, entraînant même une mise en péril de certaines d'entre elles. Cette dégradation concerne particulièrement, au niveau local, les micro-milieux et, au plan général, la diminution dramatique des zones humides.

Dans le premier cas, la disparition progressive des haies, boqueteaux et petits bois de plaine, la fin des herbes folles (et pourtant nourricières...) ont affecté en premier lieu les passereaux à la recherche d'une halte migratoire où se nourrir pour recouvrer leurs forces. En deuxième lieu, les drainages et assèchements menés à grande échelle ont ramené à la portion congrue les milieux humides dont ne peuvent se passer de très nombreuses espèces : hérons, limicoles, canards, rallidés (marouettes, poules d'eau ou foulques), passereaux paludicoles (rousserolles, locustelles, phragmites)...

D'autres facteurs sont malheureusement venus aggraver ces situations déjà défavorables. Ainsi, la disparition, sur de vastes espaces, des insectes – surtout de ceux de forte taille dont dépendent certaines espèces d'oiseaux –, victimes des pesticides, a-t-elle eu de graves répercussions sur les oiseaux qui s'en nourrissent prioritairement comme la huppe fasciée, le petit-duc ou la pie-grièche. Le remplacement massif des boisements de feuillus d'essences variées par de denses et stériles manteaux de conifères, ou la plantation de ceux-ci sur des milieux bien plus riches antérieurement au plan écologique, ont privé quantité d'espèces de sites où faire étape dans les meilleures conditions lors de leurs déplacements migratoires.

À gauche
La superbe silhouette du busard cendré (ici, un mâle) n'est pas une élégance gratuite. Sa morphologie élancée en fait un chasseur performant qui capture de petits rongeurs en milieu découvert. C'est sur ce type de terrain que le busard aime faire étape durant ses migrations vers l'Afrique.

À droite
L'essaim papillonnant des mouettes rieuses anime l'étang dans un grand bruissement d'ailes. Une semblable profusion ne se rencontre guère que sur les sites les plus attractifs.

Lueurs d'espoir

Fort heureusement, tout n'est pas sombre dans le domaine de la préservation des sites d'accueil des migrateurs. À côté des réseaux de réserves installées sur des milieux existants, des efforts ont été faits çà et là en Europe pour restaurer ou même créer de toutes pièces des espaces conçus pour héberger les oiseaux migrateurs dans les meilleures conditions. Dans le sud-ouest de la France, le vaste marais d'Orx, un temps asséché et transformé en champs de maïs, a retrouvé sa vocation première en devenant une étape capitale pour les oiseaux sur la façade atlantique. En Grande-Bretagne, de nombreuses zones humides ont été aménagées, notamment sur d'anciennes zones industrielles ou portuaires, parfois en plein milieu urbanisé. Les Pays-Bas, enfin, possèdent des réserves, souvent de petite taille mais très nombreuses, qui sont autant de sites favorables aux haltes.

S'il n'est pas envisageable pour un particulier de créer une zone humide importante, en revanche toute personne possédant un jardin peut, à sa façon, même modestement, contribuer à aider les migrateurs. Les oiseaux concernés seront essentiellement des passereaux comme les fauvettes, les pouillots, les rouges-gorges ou les gobe-mouches. En maintenant un coin du jardin dans un état plus naturel et désordonné que le reste, on favorise la présence de petits insectes qui seront consommés par les passereaux au cours de leur halte. La plantation ou le maintien d'arbustes à baies, fournissant une abondante nourriture à de nombreuses espèces migratrices, constitue également une excellente démarche. Ces mesures peuvent sembler dérisoires. Pourtant, permettre

à un pouillot ou à une fauvette de reconstituer ses forces et de continuer son voyage, c'est améliorer – parfois de façon décisive – ses chances de se reproduire au printemps prochain. C'est donc bien contribuer à la conservation de l'espèce.

À gauche
Si les étangs naturels (photo de gauche) s'intègrent mieux dans le paysage et sont des milieux d'une grande richesse biologique, les étendues d'eau artificielles (photo de droite) finissent parfois par se fondre dans leur environnement et atteindre un certain équilibre écologique. Elles peuvent alors devenir des sites attractifs pour les migrateurs liés aux zones humides, à condition qu'elles leur soient au moins en partie réservées.

À droite
Le mélange des espèces et l'importance des effectifs constituent autant d'indices de la qualité des haltes migratoires. Les plus favorables – bien souvent des réserves naturelles – sont celles où les conditions de sécurité sont les meilleures et où la nourriture abonde. Ici, voisinent en bonne intelligence des oies cendrées, une oie des neiges, des canards siffleurs et des foulques au plumage de suie.

Pages suivantes
Rassuré d'avoir trouvé une halte garantissant sa tranquillité, ce fuligule milouin, bec enfoui dans les plumes, peut savourer quelques instants de repos réparateur.

À L'issue de La saison de nidification, une forte proportion des oiseaux migrateurs parvient heureusement à atteindre la destination visée. Dans cet exercice périlleux, les adultes, aguerris, enregistrent de meilleurs résultats que les jeunes oiseaux encore inexpérimentés.

ces oiseaux venus d'aiLLeurs

Parmi les dangers menaçant les migrateurs, la perte du bon cap est évidemment l'un des plus redoutables. Ce problème peut être dû à une perturbation des facultés d'orientation ou à des causes externes comme des vents à la fois violents et mal orientés. Les oiseaux ont beau être capables de compenser dans une certaine mesure la dérive engendrée par le vent, ils sont démunis lorsque ce dernier devient trop fort. Chaque automne, des oiseaux, principalement des passereaux de petite taille, sont ainsi entraînés vers le large au passage du détroit de Gibraltar pour peu que de forts vents d'est se mettent à souffler. Des oiseaux inhabituels font aussi leur apparition en Europe lors de chaque période migratoire. Appelés « occasionnels », ceux-ci sont recherchés par les observateurs avec le plus grand intérêt. Il arrive même qu'un migrateur particulièrement rare draine de véritables foules.

En portrait
Alors qu'il niche par millions le long des côtes arctiques, le mergule nain (ici en plumage nuptial) est un visiteur rare en Europe occidentale, en automne et en hiver. On l'y observe en mer mais il arrive aussi que de violentes tempêtes d'ouest déportent ce petit oiseau d'une centaine de grammes jusque dans les terres.

À droite
Surprise sur l'île de Sein, au large de la Bretagne, cette petite rousserolle isabelle venue d'Asie centrale est bien loin de sa zone d'hivernage habituelle située en Inde.

Le temps des surprises

Les oiseaux égarés en Europe lors de la migration automnale proviennent soit d'Asie, surtout du nord de ce continent, c'est-à-dire de Sibérie, soit d'Amérique du Nord. Les premiers ont été victimes des vents soutenus soufflant de l'est tandis que les seconds se sont trouvés déportés par les fortes perturbations circulant d'ouest en est. L'examen attentif des cartes météorologiques permet d'ailleurs de prévoir l'arrivée d'occasionnels. Lorsque les conditions sont réunies, les observateurs se hâtent vers les sites connus pour l'attrait qu'ils exercent sur les migrateurs égarés. En Grande-Bretagne, les îles Scilly et, en France, celle d'Ouessant sont stratégiquement placées à l'extrémité du continent européen. Elles sont en effet la première terre qu'aperçoivent, après la traversée de l'Atlantique, les migrateurs, venus d'Amérique du Nord. Elles sont aussi la dernière terre sur laquelle peuvent se poser les oiseaux provenant d'Asie. Dans ces conditions, il est possible d'observer en ces lieux aussi bien un coulicou, représentant les coucous américains, qu'une pie-grièche isabelle bien éloignée de son Asie centrale natale.

Outre ces sites privilégiés, il existe d'autres localisations intéressantes où se concentrent habituellement les migrateurs : langues de terres en bordure de mer, détroits… mais des rencontres sont théoriquement envisageables partout, ce qui pimente l'observation. D'autant qu'à côté des véritables occasionnels, normalement étrangers à l'Europe, il en existe aussi à l'échelle de chaque pays. Ainsi, s'il est tout à fait classique de rencontrer une buse pattue en Norvège, ce rapace devient occasionnel lorsqu'il survole les contreforts italiens.

Des passagers clandestins

Beaucoup d'oiseaux égarés sont des passereaux. Leur faible poids et leurs modestes capacités physiques expliquent qu'ils soient concernés au premier chef. Les parulines ou fauvettes américaines, figurent ainsi en bonne place dans les listes d'occasionnels établies en Grande-Bretagne, en Irlande ou en France. De même, les minuscules pouillots – cousins des fauvettes – provenant de Sibérie représentent-ils une proportion élevée des migrateurs inhabituels. Pour autant, les passereaux de quelques grammes ne sont pas les seuls à être victimes des vents ou des erreurs de navigation.
On recense également de nombreux occasionnels parmi les canards, les limicoles, les mouettes, goélands et sternes ou les rapaces. Mais alors que les passereaux égarés le sont souvent parce qu'ils deviennent le jouet des vents, les membres d'autres ordres d'oiseaux, à l'inverse, atteignent nos contrées parce qu'ils possèdent de bonnes capacités de vol.

De façon très marginale, il arrive que des occasionnels néarctiques atteignent l'Europe en profitant des bateaux effectuant la traversée de l'Atlantique. Il faut s'imaginer un oiseau de la taille d'un moineau, perdu au-dessus de l'océan et luttant depuis de longues heures contre le vent. À bout de force, il s'approche de plus en plus dangereusement des vagues. Soudain, l'oiseau aperçoit une embarcation, même modeste. Rassemblant ses dernières ressources, il s'y pose aussitôt. Bien des récits de navigateurs solitaires évoquent de semblables rencontres, souvent émouvantes. Certains oiseaux effectuent ainsi tout ou partie de la traversée à condition qu'ils puissent trouver à s'alimenter et l'on connaît des cas de tels passagers clandestins nourris par l'équipage et ayant ainsi pu traverser l'océan Atlantique sans efforts…

Ci-dessus, en haut
Certaines espèces occasionnelles n'atteignent que très rarement l'Europe. La sterne fuligineuse, hôte des mers tropicales tout autour du globe, ne s'est égarée vers ce continent que moins d'une centaine de fois au cours des XIXe et XXe siècles.

Ci-dessus, en bas
Perdu sur une île située à l'extrémité occidentale du continent européen, ce traquet isabelle a été dérouté : il aurait normalement dû gagner l'Arabie ou le subcontinent indien pour son séjour hivernal.

À droite
Depuis quelques années, le goéland à bec cerclé se montre un voyageur entreprenant en atteignant de plus en plus régulièrement les côtes européennes et en pénétrant même dans les terres. Il a été prouvé qu'après avoir passé l'hiver dans ces contrées, certains de ces oiseaux regagnent ensuite l'Amérique du Nord dont ils sont originaires.

Majestueuses au sol et d'une grâce sans pareille lorsqu'elles s'élèvent dans les airs et organisent peu à peu leurs vols hiératiques, les grues cendrées sont aussi de touchants modèles de fidélité. Fidélité bien connue des couples qui, une fois formés, sont indissolubles, mais aussi des groupes familiaux dont la pérennité est plus marquée que chez bien d'autres espèces.

Le grand envol des grues cendrées

Les grues font également preuve d'une grande constance dans les trajets et les haltes de leurs migrations. Si l'Orient en a fait le symbole même de la fidélité amoureuse, l'Occident s'est depuis longtemps laissé fasciner par ces oiseaux de bon augure qui traversent deux fois par an son territoire, fendant le ciel de longs chevrons mouvants, s'y posant même pour reprendre des forces avant de s'envoler à nouveau, infatigables hérauts du passage des saisons. En se glissant dans leur sillage, on suivra toutes les étapes du long voyage qui, automne après automne, mène ces oiseaux d'exception de l'extrême nord de l'Europe, où ils ont niché, jusqu'aux tièdes contrées de la Méditerranée.

En portrait et à droite
La grue cendrée adulte porte à la tête des dessins caractéristiques et une éclatante calotte rouge de peau nue, plus aisément visible en période nuptiale en raison de son gonflement. Son bec en poignard est un instrument ambivalent permettant aussi bien de capturer insectes et larves que de cueillir des végétaux.

Par une journée de fin d'été...

Depuis quelque temps, la diminution de la durée des jours se fait plus sensible dans le nord de l'Europe. Août s'achève à peine et pourtant les longues journées de juin, au cours desquelles le soleil ne s'éclipsait que brièvement sous l'horizon, ne sont plus qu'un vague souvenir. Au-dessus de la tourbière suédoise inondée, le brouillard matinal met davantage de temps à se dissiper et la fraîcheur de l'aube se fait plus mordante. Déjà, quelques averses de neige fondue sont venues annoncer la fin prochaine de l'été.

Depuis avril ou mai, à l'issue de leur migration printanière, les grues cendrées se sont entièrement consacrées à la reproduction. Après les parades, la construction du nid et la longue couvaison d'un mois, les petits ont vu le jour. Les jeunes grues, maintenant âgées de deux mois et demi, ont la taille des adultes. Elles ne se distinguent de leurs parents que par les couleurs du plumage, roussâtre et d'un gris plus terne. Leur tête est en outre dépourvue des marques rouges, blanches ou noires qui ornent celle des adultes. Leurs grandes et larges ailes toutes neuves, à l'envergure de deux mètres, vont enfin pouvoir remplir leur rôle.

Ce matin, l'agitation des familles de grues est nettement perceptible. Leur progéniture à présent élevée et leurs rémiges, les longues plumes des ailes, renouvelées par une mue, les grues sont prêtes pour le grand voyage. Elles se sont réunies au fil des jours. Des cris, comme autant de coups de trompe, résonnent à travers le marais détrempé, piqueté de quelques bouleaux nains et de rares conifères. Cette fois, c'est certain, le départ est imminent. Le brouillard s'étant enfin dissipé et le soleil ayant fini par réchauffer l'air, les grues sentent que les conditions sont réunies pour prendre leur envol. Au moment où elles décollent, brassant vigoureusement l'air à grands coups d'ailes, les grues adultes sont sans doute conscientes, au moins confusément, qu'elles entament un périple de plusieurs mois qui les emmènera à des milliers de kilomètres de là, vers les zones d'hivernage.
Mais qu'en est-il des jeunes oiseaux ? Ils savent seulement qu'ils doivent suivre leurs parents et ils le feront sans les lâcher d'une plume, sans cesser de pousser en vol ces petits cris, ces pépiements dont on a peine à croire qu'ils puissent être émis par des oiseaux de cette taille. En revanche, ils ignorent probablement qu'ils pourront compter sur l'assistance attentive de leurs parents. Pourtant, on a vu des adultes interrompre leur migration jusqu'à ce que l'un de leurs jeunes qui, épuisé, s'était posé, puisse reprendre sa progression.

« Les grues portent leur vol très-haut, et se mettent en ordre pour voyager ; elles forment un triangle à peu près isoscèle, comme pour fendre l'air plus aisément [...] »

Buffon

Cap sur la Baltique

À raison de quelques heures de vol par jour, les bandes de grues suédoises se dirigent vers le sud non sans s'accorder des haltes car, pour le moment, le temps ne presse pas vraiment. En Norvège aussi, la grande descente a commencé. Pour les grues de l'ouest de la Scandinavie, les lieux traditionnels de rassemblement sont situés dans le sud de la Suède et dans le nord de l'Allemagne. Dans ce dernier pays, l'île de Rügen, au nord-est de Rostock, et le lac de Müritz, dans le Mecklembourg, accueillent ainsi des dizaines de milliers de grues. Au bout de quelques semaines passées à reprendre des forces, ces immenses bandes se décident à entamer la migration proprement dite, à partir d'octobre et jusqu'en novembre. Ce sera l'occasion de survoler une nouvelle fois toute une partie de l'Europe occidentale.

Ci-dessus
En période de migration comme en hivernage, les grues cendrées recherchent activement la compagnie de leurs semblables.

À droite
Merveilleusement profilées pour s'immiscer dans les couches d'air sans effort excessif, les grues cendrées sont capables de progresser en battant des ailes, de glisser en planant ou encore de s'élever en pratiquant le vol à voile.
Par vent favorable, la vitesse des migratrices peut atteindre environ cent dix kilomètres à l'heure mais les performances habituelles sont sensiblement plus modestes.

Quittant la région de la Baltique, les grues traversent le nord de l'Allemagne avant de mettre le cap sur le Luxembourg. Elles passent ensuite au-dessus des Ardennes et pénètrent dans l'espace aérien français.

Lors de ces déplacements, les vols s'organisent en formations géométriques, longues lignes ondulantes ou chevrons mouvants, réunissant quelquefois plusieurs centaines d'oiseaux. Quand les vols n'évoluent pas trop haut, ils sont parfaitement visibles du sol mais parfois le ciel dégagé permet aux grues de gagner de l'altitude. Elles peuvent alors filer à plus de 1 000 mètres, si haut qu'elles ne sont plus perceptibles malgré leur taille. Ainsi passent ces grands vols de centaines d'oiseaux à l'envergure immense, sillonnant le ciel dans le secret le plus absolu, comme s'ils glissaient dans un rêve.

Étape en champagne

Bientôt, les grands lacs de Champagne miroitent sous le soleil ou sous la pâleur de la lune, car les belles voyageuses sont capables de se déplacer de nuit aussi bien que de jour. À bonne hauteur, afin d'échapper aux obstacles qui pourraient se dresser sur leur passage dans l'obscurité, se fiant aux étoiles et à leur mystérieux sens de l'orientation, les grues volent résolument, aile dans aile. Chacune entend le bruit rassurant de l'air brassé par ses voisines. Les cris fréquents contribuent aussi à maintenir la cohésion de la bande voyageuse. Audibles à plusieurs kilomètres de distance, ces appels permettent par ailleurs à plusieurs vols de rester en contact durant les déplacements.

Ci-dessus
Entre Scandinavie et Andalousie, les grues cendrées ont pris l'habitude de fréquenter assidûment certaines étapes privilégiées comme les grands lacs de Champagne ou la Brenne (ci-dessus). Les conditions météorologiques sont susceptibles de modifier la durée des stationnements.

À gauche
Le passage d'un grand vol migratoire de grues cendrées est un spectacle envoûtant comme seule sait en offrir la nature. Si l'œil est flatté, l'oreille n'est pas en reste car les grues se montrent prodigues de leur voix. Les sonores appels trompetants qu'elles lancent notamment lorsqu'elles arrivent en vue d'un site de halte s'entendent à plusieurs kilomètres et forment un concert inoubliable.

À droite
Après plusieurs heures de vol, c'est enfin l'arrivée à la halte. Non sans avoir décrit des cercles à bonne hauteur afin d'évaluer la qualité de la sécurité au sol, les grues ont rompu le rigoureux ordonnancement de leur formation de vol. Pattes tendues, prêtes à amortir le choc de l'atterrissage, ailes arquées pour offrir la meilleure résistance à l'air, ces deux grues se laissent glisser avec grâce vers le sol.

Enfin parvenus au-dessus de l'objectif que constitue le lac, les grands oiseaux abandonnent l'impeccable ordonnancement de leur vol et se mettent à tourner en décrivant de larges cercles qui s'abaissent peu à peu. Cette phase est cruciale pour la troupe. Elle est mise à contribution par les adultes, méfiants par nature et par expérience, pour juger du niveau de sécurité offert par le site convoité. Tout en bas, sur les îles dégagées par la baisse du niveau du lac, les grues arrivées les jours précédents et installées pour la nuit, poussent leurs clameurs. Les migratrices, à présent pleinement rassurées, répondent à l'invitation et ne tardent pas à se poser, ailes déployées et pattes tendues pour amortir le choc. Aussitôt après l'atterrissage, les familles se reforment, si elles avaient été brièvement séparées, et s'apprêtent à profiter enfin d'un repos bien mérité après plusieurs heures de vol continu et quelques centaines de kilomètres parcourus. Les jeunes grues viennent d'ajouter de précieuses informations sur le déroulement de la migration, qu'il s'agisse du cap à suivre, de l'étape à choisir ou des précautions à respecter avant de s'y poser. Les liens existant entre les adultes et leurs jeunes sont si forts chez les grues que lors de la migration de retour, après l'hivernage, on voit encore des familles se déplacer ensemble, occasion supplémentaire pour les oiseaux novices d'améliorer leur apprentissage.

Pour peu que les conditions météorologiques l'autorisent, une partie des grues resteront pour hiverner sur place, en Champagne. C'est là un phénomène nouveau, consécutif à la création récente de la série de gigantesques plans d'eau destinés à en assurer la rétention dont dépend la régulation de la Seine. Les grues s'y sentent en sécurité pour passer la nuit tandis que les champs de la région garantissent leur ravitaillement. Au petit matin, elles quittent leur refuge nocturne pour aller se nourrir. Dans un incroyable concert de puissants coups de trompe, sur fond de ciel d'abord laiteux puis rosi par le soleil levant, c'est un défilé qui dure plusieurs heures lorsque les migratrices ou les hivernantes sont très nombreuses. Il se reproduira en sens contraire à partir du milieu de l'après-midi et jusqu'au crépuscule.

Par-delà les Pyrénées

Au terme d'un laps de temps variable allant de quelques heures à quelques semaines, les grues qui choisissent de ne pas faire durablement halte dans le nord-est de la France poursuivent leur route, toujours en direction du sud-ouest. La France est donc traversée en diagonale avec des étapes possibles, si le besoin ou le désir s'en font sentir, comme la Brenne – le « pays des mille étangs » – ou la région des Landes, dans le Sud-Ouest. Vient alors la première véritable épreuve, notamment pour les jeunes oiseaux : le franchissement des Pyrénées dont l'imposante barrière aux sommets déjà enneigés, souvent noyés dans des nuages peu engageants, se profile maintenant dans le lointain. Fort heureusement, les grues volent bien et l'effort ne les rebute pas. Elles s'élèvent donc jusqu'à accéder à un col facilitant leur traversée du massif montagneux. Parvenues du côté espagnol, entrecoupant leur progression de haltes habituelles, il ne leur reste plus qu'à accomplir la dernière partie du voyage, celle qui leur permettra d'atteindre leurs quartiers d'hivernage, l'Extrémadure et l'Andalousie occidentale. Là, enfin arrivées au terme de leur périple, elles pourront arpenter pendant quelques mois la *dehesa* de leur pas tranquille. Cette savane arborée constitue un paysage original formé d'herbages ombragés par d'énormes chênes verts clairsemés et de vénérables oliviers. Les grues passeront l'hiver à se régaler de glands et d'olives tombés au sol, sans dédaigner les insectes, les mollusques ou les vers et larves car elles se montrent éclectiques en matière de ressources alimentaires. Elles, qui durant la belle saison sont habituées à voir déambuler des rennes ou des élans, côtoieront ici les taureaux de combat élevés pour les corridas...

Certaines d'entre elles n'hésitent pas à franchir la Méditerranée pour aller hiverner en Afrique du Nord. Puis, entre février et avril, selon les latitudes atteintes, elles se rassembleront pour un nouveau départ, mettant alors le cap au nord-est, comme elles le font depuis des dizaines de siècles. Sous leurs ailes défileront, en sens inverse de l'aller, les plateaux espagnols arides, les Pyrénées, la France, l'Allemagne, la Baltique puis, enfin, les grandes tourbières ou la toundra où fondent les dernières neiges.

Ci-dessus
Dans l'air glacé du petit matin, les grands échassiers laissent échapper des volutes de buée en se saluant bruyamment. Comme chez bien des espèces grégaires, la communication vocale revêt chez les grues un rôle social marqué en permettant d'exprimer tour à tour l'inquiétude, l'agressivité, la séduction, le besoin de cohésion ou plus simplement un trop-plein d'énergie.

À droite
Durant les mois d'hiver, les grues arpentent les calmes paysages du sud de l'Espagne, glanant à pas mesurés les glands tombés des chênes verts.

Hiver

Si l'on s'avisait d'établir une hiérarchie parmi les oiseaux migrateurs, il ne fait pas de doute que les voyageurs au long cours, notamment ceux qui passent d'un continent à l'autre, occuperaient la première place du podium.

Les petits voyageurs

Capables d'abattre des milliers de kilomètres, de consacrer avec ténacité des nuits et des jours à leurs déplacements, de franchir sans encombre, mais non sans efforts, les mers aussi bien que les déserts, ils forcent l'admiration et stimulent l'imagination comme le font toujours les grands voyageurs, hommes ou bêtes.
Pourtant, à côté de ces seigneurs du ciel que sont certains passereaux, rapaces, sternes ou limicoles, il existe un énorme contingent de migrateurs en général beaucoup moins ambitieux qui se contentent souvent – mais pas obligatoirement comme on le verra un peu plus loin – d'effectuer des déplacements plus ou moins modestes.
Ces « obscurs, ces sans-grade », dépourvus du prestige accordé aux grands voyageurs comme les oies ou les hirondelles, sont appelés migrateurs partiels. L'éventuelle modestie de leurs voyages ne doit cependant pas occulter l'intérêt que leur étude peut présenter car eux aussi, à leur échelle, développent une stratégie d'adaptation à l'environnement.

Pages précédentes
Ceux des migrateurs partiels qui n'entreprennent pas de longs déplacements se trouvent dans certains cas confrontés à de rudes conditions hivernales comme la neige qui, pour ce rouge-gorge, rend la recherche de nourriture plutôt ardue.

En portrait
Les crabiers chevelus, hérons amateurs de chaleur, sont normalement de grands voyageurs partant hiverner au sud du Sahara. Toutefois, certains d'entre eux opèrent des déplacements de moindre ampleur et se contentent de prendre leurs quartiers d'hiver dans le delta du Nil.

À droite
Bien que certains roitelets huppés, en dépit de leur poids inférieur à dix grammes, soient capables de parcourir des milliers de kilomètres entre le nord et le sud de l'Europe, ces oiselets restent en général de modestes migrateurs aux déplacements mesurés.

Le démon de la bougeotte

Les oiseaux qui, en Europe, peuvent être qualifiés de migrateurs partiels sont nombreux, à la fois en termes d'espèces et en matière d'effectifs globaux. Rappelons au préalable que les oiseaux véritablement sédentaires sont en réalité assez rares. Même parmi les espèces les plus casanières, comme la plupart des pics, les rapaces nocturnes telles l'effraie ou la hulotte, les moineaux ou le cochevis huppé (une alouette), on observe des mouvements, notamment après la période de nidification. Il s'agit plus toutefois de déplacements informels, sans orientation précise à proprement parler, et intéressant au premier chef les jeunes oiseaux en quête d'un emplacement libre à occuper sans entrer en conflit avec leurs congénères, aspect d'ailleurs envisagé plus en détail dans la dernière partie de l'ouvrage. Cette précision sur le faible pourcentage d'espèces sédentaires étant apportée, on comprend mieux que les migrateurs partiels soient si abondants. D'autant qu'il suffit qu'une partie de la population d'une espèce soit migratrice partielle pour que l'espèce en question soit ainsi étiquetée.

La consultation d'un guide d'identification ornithologique est un moyen commode pour comprendre aisément la notion même de migration partielle. Il suffit pour cela d'examiner les cartes de répartition proposées par tout guide sérieux. Ces documents font appel, de façon schématique, à trois couleurs. La première concerne la zone de nidification, la deuxième la zone d'hivernage, et la troisième – souvent un mélange des deux précédentes – la zone où l'espèce est visible tout au long de l'année. Lorsque les trois couleurs sont présentes sur une même carte de répartition, c'est le signe que l'on a affaire à une espèce migratrice partielle. À cet égard, l'exemple du pouillot véloce est parlant. Au nord, la zone occupée en été par ce tout petit passereau correspond à l'Europe nordique et centrale, au sud, les régions habitées seulement en hiver comprennent le sud de l'Espagne, la Grèce, le Moyen-Orient et l'Afrique du Nord. Entre les deux s'étend une zone couvrant à peu près toute l'Europe méridionale, d'est en ouest, zone dans laquelle le pouillot véloce peut être présent tant en hiver qu'en été. Dans la mesure où les zones de nidification et d'hivernage ne sont donc pas distinctes mais au contraire présentent une marge de chevauchement, on peut parler de migrateur partiel.

« Les dernières hirondelles,
surprises par le froid,
tracent des courbes molles
autour des troupeaux,
dans les prairies,
ou rasent, d'un vol alourdi,
les murs des maisons,
guettant en vain
la fuite ailée de l'insecte. »

Jacques Delamain

À tire-d'ailes

Dans une même famille d'oiseaux, il est possible de trouver à la fois des migrateurs partiels et de grands migrateurs. Les cousins du pouillot véloce – évoqué plus haut – que sont le pouillot fitis ou le pouillot siffleur sont, eux, de grands voyageurs. Quittant tout à fait l'Europe après la période de reproduction, ils descendent en Afrique où ils se rendent au-delà du Sahara. Il est d'ailleurs intéressant de remarquer que le pouillot véloce possède des ailes plus courtes que celles du pouillot fitis, auquel on a l'habitude de le comparer car il s'agit d'espèces très voisines. La corrélation est ici évidente entre outil et performance.

À gauche
À l'approche de l'hiver, la buse variable peut adopter des comportements différents : tantôt, elle demeure à peu près sédentaire, tantôt elle s'en tient à des mouvements d'ampleur modeste ou bien se transforme au contraire en voyageuse capable de couvrir plusieurs milliers de kilomètres, entre la Suède et le Maroc par exemple.

À droite
Les migrations du pinson du Nord ne l'amènent pas à quitter l'Europe. Sur ses quartiers d'hivernage, la recherche de nourriture l'oblige toutefois à se déplacer. C'est notamment un grand amateur des faines de hêtre qu'il grignote avidement.

Un autre exemple est fourni par la sarcelle d'été qui délaisse l'Europe après l'été et cingle vers l'Afrique tandis que la sarcelle d'hiver se contente de se replier, entre autres, vers l'Europe occidentale et le pourtour méditerranéen.

De façon à préciser mieux encore la notion de migrateur partiel, il faut savoir que certaines espèces peuvent avoir un statut de migrateur vrai en Europe mais un statut général de migrateur partiel si l'on considère l'ensemble de l'aire de répartition. Le héron pourpré, par exemple, est uniquement migrateur en Europe : présent en saison de nidification, il est totalement absent en hiver. Pourtant, d'un point de vue plus général, l'espèce est migratrice partielle dans la mesure où elle est visible toute l'année dans une partie du Moyen-Orient et en Asie. En conclusion, au sein d'une même espèce migratrice partielle, on peut donc rencontrer des individus aux déplacements migratoires de peu d'ampleur et d'autres poussés à accomplir des trajets aussi importants que les grands migrateurs.

Petite ou grande vadrouille ?

On trouve des migrateurs partiels dans pratiquement toutes les familles d'oiseaux. Pour ne donner que quelques exemples, chez les hérons, le héron cendré, parmi les limicoles, le vanneau huppé ou la bécassine des marais, chez les goélands, l'argenté ou le marin, appartiennent à cette catégorie. Les passereaux comprennent, quant à eux, une proportion élevée de migrateurs partiels. Les merles et grives, certains bruants, de nombreux fringilles (chardonnerets, linottes, pinsons, sizerins

ou tarins), sont dans une proportion élevée des voyageurs plutôt modestes ou, du moins, n'ont pas de zones de nidification et d'hivernage radicalement distinctes. Il est facile de déterminer si une espèce est authentiquement migratrice puisqu'elle disparaît et apparaît alternativement, à la façon des hirondelles ou des fauvettes des marais que sont les rousserolles. De même, au cœur de l'hiver, on chercherait en vain le moindre martinet noir sous nos latitudes alors que, d'avril à août, il est presque impossible de lever les yeux au ciel sans y apercevoir au moins l'un de ces oiseaux aux ailes effilées en lame de faux. Avec les migrateurs partiels, il est plus difficile de prendre conscience de la nature des mouvements en l'absence d'individualisation des oiseaux. Telle espèce peut être présente toute l'année dans une région donnée sans qu'il s'agisse en fait des mêmes individus.

Ci-dessous, à gauche
Les trajets migratoires des hérons cendrés sont compris en général entre plusieurs dizaines et quelques centaines de kilomètres mais certains de ces échassiers, déroutés, ont déjà franchi l'Atlantique.

Ci-dessous, à droite
Capable d'explorer les plus fines ramilles grâce à ses talents de petit acrobate, le sizerin flammé ne dépasse guère l'Europe moyenne, que ce soit à l'occasion de ses déplacements migratoires ou lors de l'hivernage. C'est un nomade dont les déplacements répondent aux ressources alimentaires locales et aux conditions atmosphériques du moment.

À droite, en haut
En Europe occidentale et méridionale, la grive litorne est une migratrice qui vient passer l'hiver tout en restant soumise aux fluctuations météorologiques. Que la neige s'installe et ces grosses grives seront contraintes de chercher plus loin une contrée enfin accueillante, opérant ainsi une « migration de fuite ». L'oiseau photographié a caché sa patte gauche à l'abri des plumes du ventre.

À droite, en bas
Le long bec de la bécassine des marais possède une extrémité tactile qui permet le repérage des vers enfouis dans la vase molle. Si le gel vient à sévir, tout sondage de la boue nourricière devient impossible et la bécassine devra prendre son envol vers des régions plus hospitalières. Pourtant, ces oiseaux ne manquent pas de ressources et savent, en cas de brusque coup de froid accompagné de chutes de neige, explorer la zone abritée située sous un arbre pour y débusquer des invertébrés.

Le rouge-gorge de mon jardin

Ce sont les programmes de baguage qui ont permis peu à peu de se faire une idée de la situation en fonction des différentes espèces. Un exemple permet de prendre conscience de la complexité du phénomène. Une personne dont le jardin, situé en Europe occidentale à une altitude peu élevée, héberge tout au long de l'année un ou plusieurs rouges-gorges pense en général avoir affaire au même oiseau. On l'entend alors parler à l'occasion, et non sans une certaine émotion, de « son » rouge-gorge. Pourtant, au risque de décevoir ce jardinier sensible, il est très possible, et même probable, que plusieurs oiseaux se soient succédé sur son lopin.

Voyons les choses chronologiquement en prenant par commodité le printemps comme point de départ. Depuis quelques jours, à la faveur d'une amélioration du temps, un rouge-gorge chante à tue-tête pour revendiquer la possession de son petit territoire. Voyageant de nuit, il est arrivé dès la mauvaise saison terminée, après avoir passé l'hiver dans le sud de la France ou en Espagne.

L'automne venu, il repartira vers des contrées plus accueillantes. Durant quelques semaines son absence passera inaperçue pour peu qu'un ou plusieurs rouges-gorges venus d'Europe du Nord prennent sa place, parfois pour un jour seulement. L'un de ces migrateurs, au bout du compte, estimant qu'il est allé assez loin vers le sud, peut décider de prendre là ses quartiers d'hiver. S'il passe l'hiver sans mourir de faim ou en parvenant à éviter la dent des chats, il pourra, au printemps suivant, céder sa place à un rouge-gorge nicheur potentiel et le cycle sera alors prêt à recommencer. Il est même tout à fait possible que le premier rouge-gorge hivernant, s'il lui arrive malheur, soit aussitôt remplacé par un congénère en mal de territoire hivernal. Tout dépend, en la matière, du pouvoir attractif du site considéré. Si ses qualités écologiques sont élevées, il est peu probable qu'il reste longtemps inoccupé, d'autant que chez les espèces territoriales, il existe en général plus de candidats que d'espaces vitaux disponibles si bien que les oiseaux les moins compétitifs doivent attendre en périphérie des zones favorables que l'une d'elles devienne vacante.

Ci-dessus
Si le mauvais temps hivernal persiste, seuls les rouges-gorges les mieux armés pourront surmonter l'épreuve avec succès. Forts de leur expérience, les oiseaux adultes sont davantage susceptibles de tirer leur épingle du jeu dans l'adversité.

À droite
À l'échelle de l'Europe, le gros-bec casse-noyaux aux allures de petit perroquet est un migrateur partiel. Certains sont à peu près sédentaires tandis que d'autres se livrent à des mouvements assez peu marqués. La plupart des gros-becs russes, quant à eux, ne peuvent supporter les rigueurs de l'hiver et sont authentiquement migrateurs.

Parvenus au terme de leur voyage automnal, les migrateurs trouvent – ou parfois retrouvent – la région où ils passeront l'hiver.

quartiers d'hiver

Comme on l'a vu, certains migrateurs ne passent finalement qu'un temps restreint dans la zone d'hivernage proprement dite car le trajet de descente puis celui de remontée peuvent demander un temps considérable.

En portrait
À la belle saison, la tourterelle des bois fait entendre ses roucoulements monotones dans les bocages, les bosquets et les bois de plaine à travers toute l'Europe. L'hiver venu, cet oiseau délicat devient l'hôte de la zone sahélienne, du Sénégal à l'Éthiopie, où elle fréquente zones herbeuses sèches, champs ou rizières, y glanant les graines qu'elle affectionne.

À droite
L'échasse blanche est intimement dépendante de l'élément liquide, lorsqu'elle niche, qu'elle migre ou qu'elle hiverne. Selon les latitudes et le moment de l'année, elle trempe ses pattes interminables et son bec en alène dans l'eau des étangs, des lagunes ou des rizières.

D'un monde à l'autre

Selon les cas, la zone d'hivernage peut se trouver en Europe même – et l'on parlera alors plutôt de migrateurs à faible ou moyen rayon d'action – ou bien sur un autre continent : l'Afrique essentiellement, mais aussi le Proche-Orient ou même le sous-continent.
Ces oiseaux transcontinentaux sont le plus souvent des migrateurs à long rayon d'action, capables de parcourir plusieurs milliers de kilomètres. Toutefois, un oiseau peut parfaitement passer d'un continent à l'autre sans avoir à parcourir une distance considérable. Un œdicnème criard, limicole terrestre et nocturne aux grands yeux jaune d'or, nichant en Espagne et allant passer la mauvaise saison au Maroc est ainsi transcontinental à moindres frais, peut-on dire, qu'un pouillot fitis de dix grammes parvenant à franchir l'incroyable distance séparant les rivages de la Baltique et l'Afrique australe.

Ci-contre, à gauche
Après avoir assuré sa descendance, le combattant varié passe, en quelques semaines, des marais de Finlande ou des prairies humides hollandaises aux marécages africains écrasés de soleil. On le retrouve de part et d'autre de l'équateur et jusqu'en Afrique du Sud.

Ci-dessus, à droite
Contrairement aux grandes migratrices que sont la plupart des fauvettes aquatiques, la cisticole des joncs a opté pour une sédentarité affirmée. Mais en cas d'hiver très rigoureux, elle paye cette stratégie par des pertes parfois sévères qui ne sont compensées qu'au bout de plusieurs années.

À droite
Après une errance estivale qui peut le faire remonter jusqu'en Manche, le puffin de Méditerranée regagne la mer du même nom. Il consacre alors les mois d'hiver à des déplacements facilités par d'excellentes capacités de vol, même en cas de vent violent.

Pages suivantes
Sans doute les grues cendrées découvrent-elles ainsi leurs congénères posées au sol, à l'occasion d'une halte migratoire ou en hivernage, leur ombre étirée par le soleil rasant...

Quelle que soit l'importance du trajet qu'ils accomplissent, les oiseaux que l'on peut qualifier de « migrateurs vrais » sont ceux qui se reproduisent dans une zone déterminée et vont passer l'hiver dans une autre zone absolument distincte, les deux régions pouvant être séparées de plusieurs milliers de kilomètres. Le petit faucon kobez au beau plumage ardoisé et aux pattes rouges niche en Europe centrale et gagne ensuite les savanes africaines situées au sud de l'équateur. Le rossignol philomèle, dont les mélodies flûtées enchantent les nuits printanières d'une bonne partie de l'Europe, passe l'hiver en Afrique tropicale. Le torcol fourmilier au plumage couleur d'écorce, enfin, membre atypique de la famille des pics car il ne grimpe pas au tronc des arbres, peuple presque toute l'Europe au temps des nids mais s'enfuit ensuite en Afrique, jusqu'au sud du Sahara.

Variations

Les migrateurs dont les zones de nidification et d'hivernage se chevauchent peu ou prou sont qualifiés de migrateurs partiels. Leur cas a été examiné dans le précédent chapitre. Ces distinctions entre les différentes catégories d'oiseaux migrateurs sont ici présentées de manière schématique, de façon à clarifier cet aspect et la terminologie qui en rend compte.
En réalité, pour bien des espèces, les choses sont plus complexes si l'on considère les diverses « populations » d'oiseaux appartenant à une même espèce et peuplant des régions distinctes.

Selon les cas, un tarier pâtre, par exemple, pourra être considéré comme un migrateur au long cours s'il niche en Allemagne et hiverne en Afrique du Nord, comme un petit migrateur s'il se reproduit en Belgique et se contente de passer l'hiver dans le sud de la France, voire comme quasi sédentaire s'il niche en Bretagne et y passe aussi la mauvaise saison, quitte à se déplacer de l'intérieur de la péninsule vers sa frange côtière.

changement de décor

L'un des aspects les plus surprenants de la migration, est qu'elle conduit les oiseaux à fréquenter des milieux différents lors de la saison de reproduction et au cours de l'hivernage. Certes, un merle noir nichant dans un jardin belge et hivernant ensuite dans un espace vert français ne change pas à proprement parler de milieu. Mais que dire d'un bécasseau variable, petit limicole au fin bec arqué, se reproduisant dans la toundra suédoise et passant l'hiver sur les vasières du golfe du Morbihan, au sud de la Bretagne ?
D'autres exemples peuvent illustrer ces merveilleuses capacités d'adaptation à des environnements nettement distincts. Le cygne de Bewick ou le cygne chanteur qui ont connu en été les lacs de la toundra arctique arpentent, en hiver, les prés et les éteules néerlandais. L'hirondelle rustique qui a fait son nid au plafond de l'étable d'un village bavarois et a passé l'été à chasser les insectes au-dessus des pâturages peuplés de paisibles vaches se retrouve, quelques semaines après son départ, occupée à survoler la savane africaine piquée d'acacias et parcourue de troupeaux de zèbres et de bandes de lions. Le coucou gris né dans le nid d'une rousserolle au cœur d'une roselière danoise ira passer l'hiver au sein de la forêt gabonaise.
Tout aussi radical, et peut-être même plus encore, est le changement que connaissent les phalaropes selon l'époque de l'année. Ces délicats limicoles originaux à plus d'un titre – chez eux la femelle est plus colorée que le mâle et laisse à son partenaire la charge de la couvée puis celle de l'élevage des petits – nichent dans la toundra arctique. Après l'accouplement et la ponte, les femelles mettent le cap au sud pour aller hiverner en mer d'Oman dans le cas du phalarope à bec étroit, dans l'océan Atlantique, au large de l'Afrique occidentale et australe, pour ce qui est du phalarope à bec large. Les mâles et les jeunes oiseaux les suivront un peu plus tard. Tous ces oiseaux passeront donc les mois d'hiver à flotter sur l'eau, se nourrissant d'invertébrés minuscules picorés à la surface.

À ce sujet, il faut signaler que la pleine mer est le milieu d'hivernage de nombreuses espèces, dont beaucoup sont d'ailleurs exclusivement maritimes, ne venant à terre, sur des falaises tournées vers l'océan ou le long des franges côtières, que pour la brève période de l'année consacrée à la reproduction. Les alcidés – guillemots, mergules nains et surtout les macareux moines au bec coloré de perroquet –, les fous de Bassan ou les plongeons au corps merveilleusement hydrodynamique, passent ainsi les mois d'hiver et une bonne partie de l'année au large.
Les labbes, proches des goélands, les puffins et les océanites, cousins des albatros, ne se contentent pas de fréquenter une zone déterminée, mais se livrent en cours d'hivernage à de longs périples océaniques qui les amènent, pour certains, au large des côtes d'Amérique du Sud ou le long du littoral occidental africain.

Ci-dessus
De nombreux oiseaux migrateurs européens vont passer l'hiver sous le soleil des tropiques. Ils y rencontrent des ambiances radicalement différentes de celles qu'ils connaissent en période de nidification : secteurs accidentés et arides du Niger (en haut, un point d'eau dans l'Aïr), zones humides d'Inde (au centre, les marais de Bharatpur, dans le nord-ouest du pays) ou de l'Afrique orientale (en bas, la région du lac Bogoria).

À droite
Comme une poignée de croix jetées en plein ciel, des sarcelles d'été survolent à tire-d'aile les austères reliefs du Moyen-Orient, offrant un surprenant contraste entre des oiseaux d'eau et un milieu désertique. Ce beau petit canard aux ailes ornées de bleu pâle est un migrateur au long cours passant des marais d'Europe à des zones humides situées au milieu des steppes et des étendues arides d'Afrique, du Sénégal au Nil.

« [...] Leurs écheveaux de vols
dans les matins du monde »

Bernard Lorraine

Autres temps, autres mœurs

Le changement de décor ne constitue pas la seule modification que connaissent les oiseaux migrateurs durant la période hivernale. Chez certaines espèces, il s'accompagne en effet d'une sensible évolution du comportement. Le chevalier sylvain, par exemple, qui aime à se poser dans les arbres lorsqu'il niche dans la taïga humide du nord de l'Europe, perd ses habitudes arboricoles en hivernage pour se tenir alors quasi exclusivement au niveau du sol. De même, des oiseaux nichant par couples isolés se découvrent un goût prononcé pour la compagnie de leurs semblables au cours de l'hivernage. Les alouettes ou les grives, par exemple, forment des bandes hivernales parfois importantes alors qu'elles revendiquent avec opiniâtreté un territoire, même de superficie modeste, à la saison des nids.

Il en va de même avec des limicoles comme les vanneaux huppés, les barges rousses, les combattants variés (qu'on appelait autrefois les chevaliers combattants) ou les pluviers dorés. Nichant en ordre dispersé, ils hivernent au contraire en groupes pouvant aisément compter plusieurs milliers d'individus étroitement agrégés. De nombreux canards se montrent également fortement grégaires tout au long de la période d'hivernage, qu'il s'agisse de canards marins comme les eiders à duvet ou les macreuses, de canards de surface comme les canards siffleurs ou les sarcelles, ou encore de canards plongeurs, à l'instar des fuligules. La palme en la matière, du moins à l'échelle européenne, appartient toutefois à un petit passereau nordique, le pinson du Nord. Nichant dans les forêts boréales, il les quitte l'automne venu pour rejoindre l'Europe

moyenne. Là, l'espèce constitue fréquemment de très importants rassemblements qui, certaines années, peuvent devenir réellement impressionnants. Dans la journée, les pinsons hivernants se dispersent dans toutes les directions pour rechercher leur nourriture constituée de graines variées. Le soir, ils se réunissent pour constituer ce qu'on appelle un dortoir. Il est arrivé, lors de l'hiver 1999-2000, que l'un de ces dortoirs compte environ vingt millions d'oiseaux !

Ci-dessus
Les quartiers d'hiver sont le cadre de rassemblements parfois spectaculaires. Dans la douce lumière du soir, des centaines de grands cormorans s'entassent sur les arbres destinés à leur servir de dortoirs.

À droite
Les canards hivernants sont parfois si nombreux sur les étangs où ils se sentent en sécurité qu'ils arrivent presque à en couvrir la surface. Totalement confiants, ces fuligules milouins s'abandonnent au sommeil. Malgré cette apparente placidité, toute la bande peut décoller en un clin d'œil dans un bouillonnement d'éclaboussures à la moindre alerte.

Les oiseaux migrateurs qui atteignent l'Europe méridionale ou poussent jusqu'en Afrique s'y trouvent pour un temps à l'abri des rigueurs du climat. Il n'en va pas de même pour ceux dont la zone de stationnement hivernal se situe en Europe, notamment en Europe moyenne. Il est bien rare que des chutes de neige ou des périodes de froid vif ne viennent pas transformer ces régions jusque-là accueillantes en zones inhospitalières.

Fuir le mauvais temps

Lorsque de telles modifications se produisent, les migrateurs doivent poursuivre leur route, en général vers l'ouest – soumis à l'influence océanique ou le sud plus clément. On parle alors de migration de fuite.
Les coups de froid plus ou moins localisés entraînent la désertion des secteurs concernés tandis que périodiquement des épisodes de plus grande ampleur, tant par leur étendue que par leur sévérité, que l'on qualifie de « vagues de froid », provoquent des exodes massifs et souvent spectaculaires en obligeant des millions d'oiseaux à fuir les intempéries. Naturellement, les oiseaux migrateurs ne sont pas les seuls concernés. Les sédentaires font également les frais de ces situations défavorables, et peut-être plus encore dans la mesure où ils se trouvent moins disposés à entreprendre les déplacements qui pourraient leur être salutaires. C'est donc parmi eux que l'on trouvera les victimes de l'hiver au point que, parfois, certaines populations ont besoin de plusieurs années pour reconstituer leurs effectifs.

En portrait
Les pinsons – ici un pinson des arbres – ne se cantonnent pas forcément dans leurs quartiers d'hiver, mais réagissent aux conditions atmosphériques par des déplacements épisodiques.

À droite
Si la neige tient, les espèces qui ramassent leur nourriture au sol doivent quitter les lieux afin de trouver des régions épargnées par les intempéries. Ces oies incapables de brouter l'herbe comme elles le font d'habitude se trouvent démunies et devront bientôt se résigner à un exode salutaire.

quand tombe la neige…

Même si le résultat est, au bout du compte, identique, c'est-à-dire le départ forcé, tous les migrateurs ne sont pas concernés pour les mêmes raisons. En cas d'enneigement important et prolongé, les oiseaux affectés sont tous ceux qui trouvent leur provende exclusivement ou presque au sol, principalement dans les grands espaces ouverts comme les prés ou les champs.
Parmi les passereaux exposés figurent les alouettes des champs, les pipits et les bergeronnettes, les bruants et, dans une moindre mesure car ils peuvent aussi trouver leur pitance dans les arbres ou les buissons, les grives ainsi que certains fringilles (terme générique désignant les petits passereaux granivores comme les pinsons ou les linottes). Parmi les limicoles, ceux qui fréquentent en hivernage l'intérieur des terres, comme les vanneaux et les pluviers dorés, sont susceptibles d'être obligés de se déplacer. L'éventail des autres oiseaux mis en difficulté est étendu. Les oies sauvages ne peuvent plus brouter l'herbe dont elles raffolent. Pour des rapaces comme la buse variable ou le faucon crécerelle, la recherche des campagnols dissimulés sous le manteau neigeux devient problématique. Les pigeons ramiers se trouvent privés d'une part importante de leurs ressources alimentaires. De même, dans les jardins, la neige peut affecter, parfois sévèrement, des espèces comme les merles, les accenteurs mouchets ou les rouges-gorges familiers.

… ou qu'il gèle à pierre fendre

Pour peu que la neige n'ait pas fait son apparition mais que le froid, surtout un froid vif, se soit installé, d'autres oiseaux migrateurs se trouvent alors concernés par la dégradation des conditions atmosphériques. Les premiers visés sont tous ceux qui stationnent sur les pièces d'eau. Les mares, tout d'abord, se trouvent prises par le gel. Puis c'est le tour des étangs et éventuellement des lacs. À chaque étape, les oiseaux aquatiques se trouvent obligés de changer de site d'accueil. Lorsqu'enfin toutes les pièces d'eau sont devenues indisponibles, les oiseaux se rabattent sur les rivières dont l'eau courante est moins aisément prise par la glace.
Si d'aventure, les cours d'eau eux-mêmes viennent à être figés, il ne reste plus que la fuite vers le sud ou vers la mer, à supposer que la condition physique des oiseaux concernés autorise les déplacements salvateurs et que les exigences écologiques puissent être satisfaites par les nouveaux milieux investis.
Là encore, les espèces migratrices sont théoriquement mieux armées que les sédentaires pour affronter ce type de situation critique.
La longue liste des oiseaux aquatiques menacés par le gel des eaux douces comprend bien sûr les espèces qui se nourrissent de poissons – harles bièvres, cormorans, hérons ou martin-pêcheur – ainsi que celles au régime alimentaire pour tout ou partie végétarien : canards colverts, sarcelles d'hiver, canards plongeurs comme les fuligules, foulques macroules ou poules d'eau.
Les espèces strictement aquatiques ne sont néanmoins pas les seules à souffrir du gel. Tous les oiseaux terrestres ou liés aux zones humides, qui trouvent leur nourriture d'origine animale ou végétale dans la terre, l'humus ou la vase, sont confrontés à un sol devenu impénétrable à leur bec. En forêt, les bécasses, en plaine les vanneaux huppés ou les pluviers dorés, dans les terres marécageuses les bécassines des marais, dans les prairies les bécassines sourdes, tous ces oiseaux sont brutalement privés de subsistance. Là encore, le seul espoir réside dans une fuite vers des régions où le gel ne sévit pas, ou pas encore.

Ci-dessus, en haut
Emprisonnées par le gel, les rives de l'étang ont été désertées par les oiseaux. Le froid soleil d'hiver ne suffira pas à faire fondre la glace et les lieux demeureront inhospitaliers pour un temps.

Ci-dessus, en bas
Les passereaux granivores, comme ce bruant jaune, parviennent à survivre même en cas d'enneigement en se glissant sous les herbes où sont tombées quelques graines, précieuses en ces temps de disette.

À droite
Les mouettes rieuses sont largement tributaires des zones humides. Lorsque le gel s'installe durablement sur les pièces d'eau, elles doivent se rabattre massivement sur les cours d'eau, certaines d'entre elles ont d'ailleurs l'habitude de s'y réunir même lorsque le climat est moins hostile.

Pages suivantes
Ces bernaches nonnettes paraissent décontenancées par la neige qui a envahi leur site d'hivernage mais, en réalité, cette espèce arctique est familiarisée avec de telles conditions atmosphériques.

Les montagnes sont le théâtre de phénomènes migratoires originaux. À la fin de chaque été, et parfois assez tôt en juillet ou en août, selon les conditions météorologiques, les oiseaux qui avaient réussi à s'adapter aux milieux d'altitude pour y nicher se trouvent confrontés à une dégradation de leurs conditions de vie.

Migrateurs des cimes

Nuits glaciales, pluies froides, averses de neige contraignent la plupart des oiseaux des cimes à quitter les hauteurs. Commence alors un mouvement vers les vallées qualifié par les spécialistes de migration altitudinale. Les espèces concernées sont surtout des passereaux comme les pipits spioncelles, les tariers des prés, les mésanges ou les rouges-queues noirs. Mais les rapaces comme l'aigle royal ou le faucon pèlerin n'échappent pas au phénomène, de même que les tétras ou coqs de bruyère.

En portrait
Bien que les tétras lyres soient plutôt fidèles à leur domaine, il leur arrive de se déplacer en cours d'hiver pour chercher de meilleures zones nourricières. Sans qu'on sache pourquoi, cet « erratisme » saisonnier est surtout le fait des femelles.

À droite
Perdrix des neiges pour les montagnards, lagopède alpin pour les spécialistes, cet oiseau au plumage hivernal immaculé est merveilleusement adapté à la vie sur les sommets. Néanmoins, l'hiver venu, il doit accepter de faire quelques concessions et de perdre un peu d'altitude s'il veut continuer à picorer les bourgeons et les aiguilles de conifères dont il se nourrit.

Tenues de camouflage

Les oiseaux les mieux adaptés aux altitudes élevées, comme les niverolles (ou pinsons des neiges) aux ailes blanches, les accenteurs alpins ou les tichodromes – dont les larges ailes frappées de rouge évoquent celles de gros papillons – sont obligés de céder quelques centaines de mètres. Quelques-uns de ces oiseaux n'hésitent pas à pousser leur descente vers les plaines, parcourant à l'occasion plusieurs centaines de kilomètres dans des régions qui n'ont rien de commun avec leur environnement habituel. Mieux armés pour résister à la rudesse du milieu, les lagopèdes et les chocards doivent toutefois concéder une légère retraite face aux chutes de neige et au gel.

Les premiers, également appelés perdrix des neiges, sont remarquablement adaptés à leur milieu hivernal. Leur plumage, brun en été, devient progressivement blanc en hiver, assurant un efficace camouflage. Par ailleurs, leurs pattes et leurs doigts sont emplumés, ce qui présente le double avantage de les protéger du froid et d'éviter, à la façon des raquettes, l'enfoncement dans la neige. En outre, les lagopèdes, tout comme leurs cousins les tétras lyres, ont parfaitement assimilé la technique de l'igloo et passent la nuit en bénéficiant de la protection de cavités qu'ils se ménagent dans le manteau neigeux.

Performances aériennes

Les chocards à bec jaune, quant à eux, ne sont pas en reste. Ces petits corbeaux aux évolutions aériennes stupéfiantes d'agilité

comptent parmi les oiseaux détenteurs des records d'altitude. En vol, ils sont capables de s'élever sans difficulté jusqu'à plus de 8 000 mètres. Durant la journée, ils descendent vers les vallées, où ils ont notamment appris à exploiter les opportunités alimentaires offertes par les stations de sports d'hiver, puis ils remontent passer la nuit en altitude, où ils cherchent l'abri des anfractuosités rocheuses sans craindre la terrible baisse des températures affectant ces milieux hostiles.

Lorsque arrive le printemps, dès que les conditions atmosphériques le permettent, les oiseaux des différentes espèces qui avaient fui les régions montagneuses ne tardent pas à les investir à nouveau.

À gauche
Faisant preuve d'une extraordinaire maîtrise du vol, le chocard à bec jaune a tendance à s'établir un peu plus bas en hiver qu'en été, encore qu'il soit remarquablement armé pour affronter les rudes conditions régnant aux altitudes les plus élevées.

À droite
Bien qu'il ait appris à exploiter les menus déchets alimentaires aux abords des stations de sports d'hiver, l'accenteur alpin quitte volontiers la haute montagne en période hivernale pour se réfugier sur des reliefs moins élevés.

La chorégraphie à laquelle obéissent les migrateurs semble réglée de manière si précise que leurs dates de passage, l'arrivée des hivernants ou le retour des nicheurs, peuvent être prédites avec une exactitude parfois étonnante.

Les envahisseurs

Pourtant, il arrive certaines années que des espèces « nordiques » se livrent à des déplacements tout à fait irréguliers, ne respectant ni le calendrier ni les trajets ou les points de chute habituels.
Ces exodes souvent sans retour concernent toujours des espèces provenant des hautes latitudes, qu'il s'agisse de la Scandinavie ou de la Sibérie, et peuvent être massifs. Il s'agit en fait d'une véritable procédure de survie : poussés par la faim, ces oiseaux s'envolent avant l'heure pour une destination inconnue où ils espèrent trouver pitance.

En portrait
Certaines années, les casse-noix mouchetés sibériens, reconnaissables à leur long bec mince, quittent leurs froides contrées d'origine pour se répandre à travers une bonne partie de l'Europe. Ces exodes de grande ampleur sont motivés par la recherche d'une nourriture devenue cruellement rare plus au nord.

À droite
Véritable joyau ailé dont la découverte est ardemment espérée par bien des ornithologues européens, le jaseur boréal est contraint, certaines années, d'abandonner sa zone normale de répartition pour se mettre en quête des baies dont il est friand.

Pages suivantes
Composant un tableau d'inspiration japonaise, les bandes hivernales de jaseurs grappillent des baies de sorbier.

chasseurs de graines

En automne, surtout, et durant l'hiver, les vastes forêts nordiques offrent d'importantes ressources alimentaires à des espèces d'oiseaux qui se nourrissent de toutes sortes de fruits, de baies et de graines. Les conifères de la taïga – pins, sapins et épicéas – sont couverts d'une profusion de cônes dont les écailles protègent une belle quantité de graines. Les bouleaux en offrent aussi, minuscules certes, mais abondantes. Les sorbiers, quant à eux, proposent leurs baies d'un beau rouge vernissé.

Les graines des conifères forment la nourriture essentielle de plusieurs espèces dont les casse-noix mouchetés et les becs-croisés aux allures de petits perroquets. Ces derniers, comme l'indique leur nom, possèdent des mandibules dont les extrémités crochues se croisent, les rendant parfaitement adaptées à l'extraction des graines de résineux. Chaque espèce de bec-croisé marquant en outre une préférence pour telle ou telle essence, la compétition s'en trouve réduite. Les semences des bouleaux attirent diverses mésanges, dont les mésanges noires, ainsi que les tarins des aulnes et les sizerins, acrobates de quelques grammes capables de se suspendre à l'envers au bout des rameaux les plus fins. Enfin, les sorbes font le régal de ces superbes passereaux colorés à la huppe originale que sont les jaseurs boréaux.
Dans des conditions normales, tous ces oiseaux, en dépit des froides contrées qu'ils habitent même en hiver, trouvent sur place de quoi satisfaire leurs exigences nutritives. Malheureusement, la nature a parfois des ratés. En l'occurrence, il arrive, selon des cycles présentant une certaine régularité, que telle ou telle année soit marquée par une fructification anormalement faible de l'une ou l'autre de ces espèces végétales. Privés de leurs ressources vitales habituelles, les casse-noix, les becs-croisés ou les jaseurs se retrouvent donc dans l'obligation de fuir vers le sud pour tenter d'y débusquer de quoi survivre. C'est alors que se produisent ces mouvements de grande ampleur qui se déroulent de l'automne au début de l'hiver.

pénurie de rongeurs

Sans que cela atteigne en aucune façon les proportions des invasions d'espèces granivores, il arrive aussi que des oiseaux carnivores quittent l'extrême nord de l'Europe pour descendre plus au sud en hiver parce que leurs proies habituelles – de petits rongeurs comme les campagnols ou les lemmings – viennent à manquer. Ce phénomène est cyclique et se reproduit approximativement tous les quatre ans, sans qu'on sache expliquer pourquoi. Des harfangs des neiges, superbes rapaces nocturnes au plumage blanc, les buses pattues ou les chouettes lapones quittent ainsi la toundra ou les grandes forêts de conifères et parviennent parfois en Europe moyenne, en France ou en Allemagne, et jusqu'en Espagne ou en Italie.

Ci-dessus
Les becs-croisés des sapins du nord et de l'est de l'Europe se livrent certaines années à des mouvements massifs qui débutent dès l'été. Ces troupes vagabondes colorées peuvent ensuite être observées tout au long de l'hiver.

À droite
Les casse-noix mouchetés du massif alpin ne se livrent pas aux mêmes invasions que leurs congénères sibériens. L'apparition dans les forêts de plaine d'oiseaux d'origine alpine doit être attribuée à des déplacements relevant du nomadisme.

printemps

Parvenus au terme de l'hivernage, les oiseaux migrateurs doivent songer à reprendre le chemin des zones de nidification. Pour les oiseaux européens, cela signifie qu'il va falloir mettre cap au nord.

vol de retour

Les migrateurs qui étaient parvenus à éviter de multiples périls lors de leur descente vers le sud vont devoir à nouveau affronter des dangers tout au long de la remontée. Leur motivation est puissante : perpétuer l'espèce.

Pages précédentes
Le bleu du ciel se reflète dans l'eau calme, les corolles des nénuphars s'ouvrent, les beaux jours sont de retour et, avec eux, le grèbe à cou noir qui fait admirer le rubis de son œil.

En portrait
Au terme de sa migration printanière, le busard cendré mâle retrouve les vastes espaces découverts où, l'année précédente, il s'était installé pour élever sa nichée.

À droite
Remontant d'Afrique en longues étapes, le traquet motteux est un migrateur précoce qui regagne l'Europe au premier printemps. Il aime se poster sur une motte ou un rocher d'où, l'œil en éveil, il ne tarde pas à repérer les insectes sur lesquels il fond avec vélocité avant de rejoindre son perchoir d'un vol bref.

Retour à la case départ

On a vu, dans la première partie du livre, comment pouvait s'être mis en place le système de va-et-vient entre les zones nordiques de nidification et les zones d'hivernage situées plus au sud, parfois au bout du continent africain, voire plus loin, jusqu'aux abords de l'Antarctique. Toutefois, en dépit des explications de plus en plus étayées que fournissent les chercheurs, une question demeure : par quel étrange mécanisme un oiseau installé depuis quelques mois dans le sud de l'Europe ou en Afrique peut-il « sentir » au bout d'un certain temps qu'il faut maintenant partir et refaire le voyage en sens contraire ? Comme lors de la période qui avait précédé le départ, des modifications internes induites par les glandes endocriniennes préparent l'oiseau à la migration de retour. La principale modification, liée au système sexuel, fait peu à peu naître chez l'oiseau la nécessité impérieuse de se reproduire.

Il est relativement facile de concevoir qu'un oiseau européen ne puisse se reproduire dans le milieu particulier adopté pour l'hivernage qui, on le sait, peut être très différent de celui choisi en période de reproduction.

Qu'existe-t-il de commun entre la toundra lapone, tout au nord de la Suède, et un banc de sable écrasé de soleil au large de la côte mauritanienne ? Aucune ressemblance ne peut être trouvée entre les frais bocages normand, anglais ou danois et les vastes savanes africaines parsemées d'acacias. En revanche, il est plus délicat de comprendre qu'un oiseau ne choisisse pas de nicher là où il a passé l'hiver si les conditions environnementales locales sont proches de celles caractérisant son lieu habituel de nidification. La force de l'habitude, profondément enracinée jusque dans le patrimoine génétique, est certainement un élément de compréhension essentiel dans ce domaine.
On pourrait aussi ajouter que les régions méridionales d'Europe où hivernent beaucoup d'oiseaux du nord du continent sont, dès la fin de l'hiver, investies par d'importants contingents d'oiseaux appartenant à des espèces qui ne pourraient pas remonter davantage. Si les hivernants choisissaient de rester sur place, il y aurait alors ce que l'on pourrait appeler trivialement une cruelle « crise du logement ». Ce ne sont là, bien sûr, que des hypothèses, car, à ce jour, aucune réponse unique et pleinement satisfaisante ne peut être donnée à cette question.

Toutefois, pour les oiseaux marins, notamment ceux qui passent l'hiver en mer, parfois très loin au large, le problème est un peu différent. Ces espèces pélagiques seraient, en effet, incapables de se reproduire sans revenir à terre. Dans ces conditions, les mouettes tridactyles, les macareux, les océanites ou les puffins ne peuvent qu'abandonner leurs quartiers d'hivernage océaniques pour regagner leurs colonies de nidification situées au flanc d'abruptes falaises littorales ou sur des îlots battus par les vagues.

Ci-dessus
Enrobées de neige et plongées dans la pénombre durant de longs mois, les latitudes arctiques connaissent un printemps tardif mais généreux. Marais, tourbières et toundra peuvent à nouveau accueillir une multitude d'oiseaux, parmi lesquels le grand labbe (au milieu) et le labbe parasite (à droite). Si près du sommet du globe, toutes ces espèces ne disposent que de quelques semaines pour se reproduire.

À droite
Les lacs arctiques enfin libérés des glaces hébergent diverses espèces de plongeons.

Muer ou voyager, il faut choisir

Au cours des mois consacrés à l'hivernage, les oiseaux migrateurs ont été occupés par deux grandes activités. L'une, constante, se nourrir ; l'autre, plus définie dans le temps : muer. Ces deux exigences fondamentales sont d'ailleurs étroitement liées puisqu'aussi bien un oiseau doit être en bonne condition physique – et donc parvenir à se nourrir suffisamment – pour pouvoir muer de manière satisfaisante car c'est là un processus physiologiquement coûteux.

Tous les oiseaux muent : tous, à un moment ou à un autre, perdent leurs vieilles plumes et en acquièrent de nouvelles. La plume, en effet, finit par s'user en dépit de sa résistance élevée. Le frottement des plumes – les unes sur les autres, mais aussi contre les branchages ou les parois rocheuses – est un premier facteur d'usure, notamment en période de nidification avec les allées et venues et les contacts liés au nourrissage des jeunes au nid. L'exposition à la lumière constitue une autre cause de dégradation. D'ailleurs, les plumes pâles – ainsi que les parties pâles des plumes sombres –, peu ou pas chargées en mélanine (un pigment sombre), ont tendance à s'user plus vite que les autres. Au bout d'un temps variable allant de quelques semaines à quelques mois, les anciennes plumes tombent donc et sont remplacées par des plumes toutes neuves. Les oiseaux migrateurs ont en général deux mues annuelles. L'une, qualifiée de « mue partielle », intéresse les plumes couvrant la tête et le corps. L'autre, appelée « mue complète », entraîne le remplacement progressif de l'ensemble du plumage. Dans la mesure où la mue complète concerne, entre autres, les plumes indispensables au vol, c'est-à-dire les rémiges – longues plumes des ailes permettant la propulsion – et les rectrices – grandes plumes de la queue jouant le rôle de gouvernail –, les oiseaux migrateurs ne pourraient y être soumis en période migratoire alors qu'ils ont précisément besoin de toutes leurs capacités motrices. Dès lors, il ne reste que deux solutions : muer avant le départ en migration ou au cours de l'hivernage. Ainsi, le loriot d'Europe, superbe passereau d'un jaune lumineux (pour ce qui est du mâle adulte), un peu plus gros qu'un merle, connaît-il une mue partielle au cours de l'été, avant d'entreprendre la migration automnale qui le mènera jusqu'en Afrique orientale ou australe. C'est là-bas qu'il bénéficiera d'une mue complète, entre novembre et début février, avant d'affronter le grand voyage de retour vers les sites de nidification européens. Chez l'hypolaïs ictérine, sorte de fauvette vert et jaune, une mue complète a également lieu en hivernage, juste avant la migration printanière. En revanche, la mue partielle peut se situer en fin d'été, en Europe, ou en début d'hiver, en Afrique, donc avant ou après la migration d'automne. Dans tous les cas, migration et mues s'excluent.

C'est ainsi que l'évolution et la sélection en ont décidé. Naturellement, ce schéma reste global et l'on peut trouver des exceptions ou des variantes plus ou moins importantes. Ainsi, de très rares espèces comme le pouillot fitis, connaissent deux mues complètes tandis que d'autres comme le rossignol philomèle ou le rouge-queue à front blanc – pourtant de très grands migrateurs – n'en ont qu'une, forcément complète. Chez les espèces dont les représentants ne sont pas systématiquement des migrateurs à long rayon d'action, tels l'étourneau sansonnet, le pinson du Nord ou le choucas des tours, l'unique mue annuelle est répandue.

Ci-dessus (de haut en bas)
Azur du ciel, or du soleil, les plumages du martin-pêcheur, du geai et du chardonneret rivalisent avec le flamboiement du printemps nouveau.

À droite
Mise en place du décor : la sève commence à gonfler les bourgeons argentés des saules, et le rose tendre du bouvreuil pivoine anticipe sur la prochaine explosion des couleurs de la nature enfin réveillée.

On observe même, chez certaines espèces migratrices, un phénomène pour le moins original : la « mue arrêtée ». Elles commencent à remplacer leurs rémiges sur les lieux de reproduction puis, quand vient le moment du départ, la mue s'interrompt. Elle reprendra au cours de l'hiver. Cela peut se produire chez l'hirondelle de rivage, qui entame la mue des rémiges primaires avant la migration mais ne la poursuit qu'après celle-ci.

Enfin, pour donner une idée du temps que requiert la mue des rémiges, il faut savoir, par exemple, que la bergeronnette de Yarrell, petit passereau noir et blanc à longue queue, a besoin de deux mois et demi pour changer toutes ces plumes.

Pressés de rentrer

À l'automne, la plupart des oiseaux migrateurs avaient pour ainsi dire « pris leur temps ». Beaucoup d'entre eux entreprennent en effet le voyage de départ alors que les conditions météorologiques ne se sont pas encore trop dégradées, et que la nourriture est encore disponible en suffisance. En outre, les adultes n'ont plus à assumer la lourde tâche que constitue la nidification. Quant aux jeunes, par prudence ou manque d'expérience, ils ne se précipitent pas. Bref, une certaine nonchalance est de mise, et il n'est pas interdit de musarder quelque peu, surtout si la clémence des conditions atmosphériques veut bien se maintenir.

Au printemps, les données ne sont pas du tout comparables. Il s'agit pour les reproducteurs potentiels de se hâter de regagner les sites de nidification. La nécessité d'assurer la pérennité de l'espèce s'affirme avec force. Ceci est d'autant plus vrai pour les oiseaux remontant nicher vers les hautes latitudes. Ils ne disposent que du créneau très court durant lequel la taïga et la toundra, libérées de leur manteau neigeux, redeviennent accueillantes. Bien souvent, les migrateurs printaniers effectuent un voyage plus court d'un tiers par rapport à celui qu'ils avaient accompli à l'automne. Il arrive même que le déplacement demande deux fois moins de temps. C'est le cas pour un petit passereau comme le pouillot siffleur qui se reproduit notamment dans nos futaies de hêtres. Son voyage automnal lui prend deux mois tandis que celui de retour n'en exige qu'un seul. Cette rapidité de la migration printanière est encore plus flagrante si, au lieu de considérer l'ensemble des espèces, on s'intéresse à l'une d'elles ou, mieux encore, à un oiseau en particulier. Ainsi, s'il est exact que les grands déplacements d'oiseaux, dans leur ensemble, ont lieu sur plusieurs mois, une espèce donnée ou un membre de l'espèce en question ne consacreront à la migration qu'une fraction restreinte de cette période.

Beaucoup d'oiseaux néanmoins, comme à l'automne, n'effectuent pas d'étapes trop importantes et préfèrent répartir l'effort à accomplir. Une rousserolle, par exemple, pourra mettre un peu moins d'une centaine de jours pour parcourir les 5 000 kilomètres qui la séparent de son site de nidification. Cela ne représente finalement, en théorie, qu'une cinquantaine de kilomètres par « jour », ou plutôt par période de vingt-quatre heures puisque les fauvettes aquatiques voyagent de nuit. À raison d'une vitesse moyenne de vol de l'ordre de 30 kilomètres à l'heure, on constate que la rousserolle

« Oh Lune, quel avril,
si vaste et doux est l'air !
Tout ce que je perdis
avec les oiseaux reviendra. »

Jorge Guillén

Ci-dessus
Le rythme mesuré de la migration automnale n'est plus de mise. Au printemps, mues par le besoin vital de se reproduire, les grues cendrées se hâtent de regagner les hautes latitudes.

À droite
Le monticole de roche a retrouvé son territoire minéral qu'il anime de ses vives couleurs. Serein, il se repose sur une seule patte.

pourrait ne consacrer que moins de deux heures quotidiennement à son voyage. Ce ne sont là que des moyennes, des valeurs indicatives destinées à cerner le problème. Dans la pratique, les migrateurs ne voyagent pas obligatoirement chaque jour. Ils peuvent au contraire séjourner quelque temps sur un site de halte propice ou encore être « cloués au sol » par des conditions adverses comme un brouillard tenace ou des pluies violentes persistantes. En conséquence, la longueur des étapes et le temps passé à voler doivent être revus à la hausse.

Certains oiseaux, notamment ceux dont les capacités pour le vol sont élevées, migrent beaucoup plus rapidement que le gros de la troupe ou, du moins, voyagent par plus longues étapes. Des limicoles, des faucons, des sternes ou certains passereaux, entre autres, se déplacent ainsi avec un beau dynamisme. Les traquets motteux, par exemple, peuvent parcourir 450 kilomètres en une nuit et l'on connaît le cas d'un tourne-pierre à collier qui parcourut 820 kilomètres en vingt-cinq heures. Une pie-grièche écorcheur peut couvrir 500 kilomètres en une seule nuit de migration, à raison d'une dizaine d'heures de vol à la vitesse approximative de 50 kilomètres à l'heure. Une belle performance qui entraîne d'ailleurs une indispensable récupération. L'oiseau ne rééditera pas son exploit dans la foulée mais s'accordera deux jours (passés à se nourrir) et une nuit de repos avant de reprendre son vol la nuit suivante.

Rebrousser chemin

Tout comme la migration d'automne, la migration printanière peut se heurter à des conditions climatiques défavorables, essentiellement en Europe, et plutôt dans le centre et le nord du continent – encore que le printemps puisse être particulièrement frais et pluvieux en Andalousie, par exemple, par où transitent de très nombreux migrateurs de retour d'Afrique. Des vents violents et mal orientés, des pluies diluviennes, des chutes de neige tardives, des averses de grêle, des températures trop basses peuvent gravement affecter les oiseaux migrateurs. Il ne faut toutefois pas dramatiser et préciser qu'ils sont heureusement moins fragiles qu'on ne pourrait le croire en voyant ces « petites boules de plumes ». Cela fait des milliers et des milliers d'années que les migrateurs sont globalement confrontés à peu près chaque printemps à des problèmes météorologiques plus ou moins sérieux et ils ne modifient pourtant pas de manière radicale leurs dates d'arrivée en Europe. Malgré cette indéniable et salutaire résistance, si les choses se gâtent vraiment les migrateurs peuvent être amenés à rebrousser chemin temporairement. C'est ce que l'on nomme la « rétromigration ». Normalement, cette stratégie leur permet de se mettre à l'abri mais, si le temps s'est également aggravé plus au sud, la situation peut devenir préoccupante.

Piégés par la lumière

Au chapitre des dangers encourus par les migrateurs figurent aussi ceux dont l'homme est responsable comme les phares côtiers et, dans une moindre mesure, les grands immeubles éclairés. En effet, les lumières puissantes exercent un irrésistible attrait sur les migrateurs nocturnes, qui se trouvent littéralement happés comme la limaille par un aimant. Les oiseaux, notamment les petits passereaux, se mettent à tourner autour de la source lumineuse et finissent épuisés ou, complètement aveuglés, heurtent de plein fouet les parois vitrées du phare ou l'édifice lui-même.

Ci-dessus
Pour les oies cendrées aussi, le signal du retour a sonné. De nuit comme de jour, elles cinglent vers le septentrion.

À droite
Masque emplumé de guerrier et couleurs crues des boubous : le guêpier apporte en Europe un fragment d'Afrique.

Pages suivantes
Après avoir survolé, de nuit, le Sahara puis la Méditerranée, le torcol fourmilier au plumage d'écorce et de lichen retrouve les parcs, les vieux vergers et les zones boisées d'Europe.

On s'est même rendu compte que les migrateurs étaient attirés par les flammes des torchères qui coiffent les installations des champs pétrolifères, notamment dans le cas des plates-formes d'exploitation offshore comme en mer du Nord. Au matin, le sol des plates-formes pétrolières est parfois jonché de petits cadavres. Les passereaux se sont heurtés aux superstructures métalliques ou ont été brûlés par les énormes flammes. Moins spectaculaires, les gratte-ciel et autres tours de verre modernes qui demeurent allumés toute la nuit, sont cependant également des pièges à oiseaux migrateurs. Des études sont actuellement menées sur ce phénomène de façon à le cerner avec précision. Il en ressort qu'il faudrait au moins que ces immeubles soient éteints en période de migration.

L'inconscience des braconniers

Certes, chaque automne, une partie des oiseaux migrateurs sont victimes des chasseurs mais au moins cela se déroule-t-il dans un cadre fixé par la loi. Au printemps, il n'en va pas de même. La migration printanière, en effet, se déroule pour l'essentiel alors que la chasse est déjà fermée. Il s'agit donc bien de braconnage. Ce qui rend la situation encore plus inadmissible, c'est le fait que ces prélèvements s'opèrent au détriment d'oiseaux qui ont survécu à la migration post-nuptiale, à l'hivernage et s'apprêtent à se reproduire – les couples, chez bon nombre d'espèces, sont d'ailleurs formés dès l'hivernage. Les points noirs, en la matière, sont notamment des îles méditerranéennes comme Malte ou Chypre. Il s'y pratique une quasi-extermination de certains migrateurs, au premier rang desquels les passereaux et les rapaces. La destruction s'opère à grande échelle, soit au fusil, soit à l'aide de pièges dont des gluaux sur lesquels les oiseaux épuisés par un long vol nocturne au-dessus de la mer viennent se prendre au petit matin alors qu'ils cherchent un perchoir salvateur. Les motivations sont soit pécuniaires, soit tout simplement l'amusement gratuit… Il existe aussi des problèmes en Italie ou en France. En Italie, une « tradition » désolante consiste à tirer au fusil sur des bondrées apivores lors de leur remontée printanière. Au moment où ces beaux rapaces, dont le vol lent fait des proies faciles, atteignent enfin la côte, des « fusillots » peu scrupuleux les abattent comme on tire sur des pipes en terre à la foire.

En France, les tourterelles des bois de retour d'Afrique sont « chassées » au mois de mai dans le Médoc, au mépris de la législation européenne et du simple bon sens. Après avoir quitté le Sahel où elles ont hiverné, les tourterelles, de leur vol nerveux, franchissent vaillamment le Sahara puis la Méditerranée. C'est ensuite la traversée de l'Espagne puis le survol des Pyrénées occidentales. Avant d'atteindre le nord-ouest de la France puis la Grande-Bretagne, il leur faut encore longer la côte atlantique. Au bout d'un moment, canalisées par l'océan sur leur gauche et le large estuaire de la Gironde sur leur droite, les tourterelles cherchent à survoler la terre le plus longtemps possible. La seule solution consiste donc à se diriger vers la pointe de Graves. Et c'est là que la mort les attend… La pétarade se déchaîne, les plombs criblent le plumage délicatement teinté de rose. Les tourterelles qui avaient réussi à surmonter toutes les difficultés liées au grand voyage ne feront pas de nid ce printemps. Elles gisent à présent sur les aiguilles sèches, sous les pins. En supprimant des reproducteurs potentiels, ceux qui pratiquent cette activité ne mettent-ils pas en danger de disparition ces oiseaux dont ils ont fait un pitoyable gibier ? La population ouest-européenne de l'espèce accuse d'ailleurs un déclin marqué.

Ci-dessus
Pour la tourterelle des bois, pas de « joli mois de mai »… Lors de son voyage de retour il lui faut beaucoup de chance pour échapper aux meurtriers coups de feu qui l'attendent dans certains pays d'Europe, au mépris des lois.

À droite
Pour le traquet oreillard, le voyage printanier s'arrête parfois brutalement… Ce bel oiseau est l'un de ceux qu'une multitude de pièges tendus par des braconniers sans scrupules guettent sur certaines îles de Méditerranée comme Malte ou Chypre.

Les migrateurs ont achevé la remontée printanière. Qu'elle leur ait demandé quelques jours ou plusieurs mois, ils ne sont pas au bout de leurs peines.

Le temps des parades nuptiales

Pour eux, pas question de songer à un quelconque repos. La reproduction, tâche urgente et ô combien fondamentale, les attend et ne leur laissera aucun répit. De tous côtés, les nichées sont en projet mais les mâles doivent auparavant découvrir un territoire convenable, le conquérir face aux rivaux et y attirer une femelle animée des mêmes intentions.

En portrait
Moment de tendresse pour ce couple de fulmars boréaux au nid. Chez de nombreux oiseaux, le lissage mutuel du plumage est l'un des comportements qui renforcent, pour un temps, les liens des deux partenaires.

À droite
Les couples de grues cendrées entretiennent de façon permanente une relation très étroite. Dès l'hivernage et au cours de la remontée printanière, les parades nuptiales se déroulent. Plumes ébouriffées, cou tendu, lançant des clameurs tonitruantes, les partenaires réaffirment à l'envi leur attachement réciproque.

À la conquête d'un territoire

Les problèmes auxquels se trouvent confrontés les migrateurs lorsqu'ils parviennent dans la région où ils vont se reproduire sont différents d'une espèce à l'autre, même si fondamentalement leur préoccupation est la même : disposer de l'espace vital nécessaire et suffisant pour y installer un nid et élever des jeunes. Les espèces vivant en colonies, comme les sternes, les mouettes, les spatules, certains hérons ou les guillemots, retrouvent – sauf éventuelle modification radicale du milieu – leur site traditionnel de nidification. Il faudra juste que chaque couple s'adjuge l'espace minimal indispensable à son propre nid. L'intervalle entre les nids voisins correspond souvent à la longueur du cou tendu des propriétaires mitoyens : on se tient avec prudence juste hors de portée de bec ! Dès le retour des futurs nicheurs sur le banc de sable, dans le marais ou au flanc de la falaise littorale, la colonie s'établit au prix de quelques conflits ritualisés, dans une ambiance bruyante de cris agressifs ou indignés.
Les oiseaux nichant pour la première fois sont repoussés par les couples plus anciens qui se réservent les meilleurs emplacements. Ces novices se contenteront de nicher en périphérie de la colonie, en attendant que des places finissent par se libérer lors d'un prochain printemps.

Les oiseaux qui ne nichent pas en colonie doivent eux aussi trouver avant toute chose un milieu propice à la nidification mais ils sont en général moins tenus par une localisation géographique extrêmement précise. Ceci ne signifie pas pour autant qu'ils vont s'installer au petit bonheur la chance. Le baguage a tout au contraire démontré que certains oiseaux font preuve de fidélité à un secteur donné, qui peut même être choisi avec une remarquable constance. Cette fidélité était soupçonnée, ou avait même déjà été constatée, pour des espèces aux exigences écologiques déterminées comme les rapaces rupestres (liés aux falaises, à la façon du vautour percnoptère) ou de nombreux oiseaux aquatiques (marouettes, limicoles, canards...). Disposant d'un choix moins étendu, il est normal que ces espèces aient tendance à retrouver d'année en année les mêmes sites dont elles savent qu'ils leur conviendront. Mais la fidélité au site de nidification a également été prouvée chez des passereaux moins nettement spécialisés et qui pourraient donc *a priori* trouver aisément de multiples lieux susceptibles de les satisfaire. Il est quand même étonnant de songer qu'une petite fauvette dotée d'un cerveau minuscule se montre capable, après un premier voyage migratoire, un hivernage en Afrique et une remontée printanière, de retrouver le petit bois du nord de l'Europe où elle avait niché l'année précédente ! Ce cas de figure est extrême mais il est assez fréquent qu'au moins la région choisie ne varie pas d'un printemps à l'autre.

Bien sûr, il peut aussi arriver que les migrateurs, surtout parmi ceux aux exigences écologiques peu affirmées, changent de zone de nidification. En ce domaine, tous les cas de figure sont possibles. Un même oiseau migrateur peut ainsi nicher dans l'ouest de l'Europe puis partir passer l'hiver en Afrique et choisir, au printemps suivant, d'aller s'installer dans un pays d'Europe orientale. Les très nombreuses études menées sur les hirondelles ont permis de constater des variantes de toutes sortes. Ces passereaux peuvent ainsi revenir exactement au même endroit, se contenter de regagner la même région ou en changer totalement. On s'est même aperçu que des hirondelles pouvaient, au cours du même printemps, fréquenter un pays en début de période et un autre vers la fin de celle-ci... De quoi en perdre son latin !

Ci-dessus
La pie-grièche méridionale dispose d'un répertoire vocal d'une incroyable variété. Cris aigres ou au contraire flûtés, coups de sifflet, appels liquides sont complétés par un chant inventif mêlant les divers cris à de nombreuses imitations d'oiseaux chanteurs.

À droite
En médiocre virtuose, le bruant proyer répète inlassablement la même phrase perlée.

chacun chez soi

Une fois le territoire choisi, encore faut-il faire valoir ses droits de propriétaire. Pour de nombreux oiseaux, cette revendication s'exprime essentiellement par le biais de diverses manifestations sonores, au premier rang desquelles figure le chant. Les passereaux sont devenus maîtres dans ce mode d'expression, comme on peut le constater en écoutant dans son jardin les productions d'une fauvette à tête noire, d'une grive musicienne ou d'un rouge-gorge familier. En règle générale, le mâle arrive le premier sur son « canton ». Aussitôt ou presque, il se met à chanter sans relâche. Les rossignols, fauvettes, pouillots, locustelles ou traquets procèdent ainsi. Parcourant son domaine de poste de chant en poste de chant, le mâle s'évertue à repousser les concurrents voisins. Les mâles de quelques espèces ne se contentent pas de chanter depuis un perchoir mais s'égosillent aussi lors d'un vol plus ou moins bref – comme les fauvettes grisettes, les tariers pâtres ou les serins cinis – ou même d'un vol prolongé – comme les alouettes notamment. Quelques jours plus tard, c'est au tour des femelles de faire leur apparition. Dès lors, le chant revêt une double fonction : repousser les mâles rivaux et attirer une partenaire. Une fois la femelle conquise, les chanteurs se feront moins assidus ; ils se tairont presque lorsque l'élevage des jeunes sera engagé. En fait, il y a fort à parier qu'un mâle qui ne cesse de chanter jusque tard en saison est resté célibataire.

Le chant n'est pas le seul mode d'affirmation territoriale. Chez bien des oiseaux, les postures et les comportements ritualisés contribuent à tracer d'invisibles frontières. Que celles-ci soient violées et c'est l'affrontement, d'ordinaire bref et plus démonstratif que vraiment brutal. L'intimidation joue un rôle plus important que la violence. Les oiseaux aquatiques comme les foulques ou les grèbes fonctionnent de la sorte. Chez les rapaces, ce seront des attaques en vol, des démonstrations de force destinées, là aussi, à intimider.

Dans le cas des oiseaux coloniaux, la gestuelle (souvent accompagnée d'émissions vocales diverses) est rigoureusement définie et comprise de tous les membres du groupe : les distraits ou les téméraires sont vite rappelés à l'ordre, parfois sans ménagement, et les coups de bec pleuvent ! Les fous de Bassan disposent d'un répertoire d'attitudes composant une superbe chorégraphie ; les hérons coloniaux (hérons cendrés, aigrettes…) prennent des poses particulières et hérissent leur plumage ; mouettes et sternes décollent les ailes du corps et poussent des cris rageurs afin d'impressionner les indésirables. Bref, tout est prévu pour permettre à chacun de rester chez soi, sinon dans l'harmonie, du moins dans le respect mutuel…

À gauche
Certaines fauvettes mélanocéphales ne quittent pratiquement pas leur région d'origine alors que d'autres doivent retraverser la Méditerranée après avoir hiverné en Afrique. Chez les unes comme chez les autres, les mâles affirment leurs droits territoriaux en chantant sur un rythme soutenu.

À droite
Hôtes des zones humides, le bruant des roseaux (photo du haut) et la gorge-bleue à miroir (photo du bas) doivent défendre les quelques arpents de leur petit domaine en s'égosillant sans relâche. La brève ritournelle du bruant paraît mélancolique alors que la production variée de la gorge-bleue évoque une vitalité enjouée.

vers le septième ciel

Chez certaines espèces, la formation du couple peut intervenir de manière très précoce, dans les quartiers d'hiver. Parfois le couple est même formé de façon durable et il s'agit juste de resserrer les liens conjugaux aux approches de la période de reproduction. Les grues cendrées ou les oies entrent dans cette catégorie d'oiseaux « fidèles ». Mais dans tous les autres cas, il faut passer par l'étape de la formation du couple sur le site de nidification proprement dit. Qu'une femelle ait été attirée sur le territoire d'un mâle par un chant ou une attitude déterminée, le couple ne pourra se constituer que si chacun des futurs partenaires connaît le code comportemental en vigueur chez l'espèce considérée et sait l'appliquer.
La ritualisation précise des parades contribue d'ailleurs à empêcher le mélange des espèces. Mais une autre fonction de ces démonstrations est de canaliser la réelle agressivité existant entre mâles et femelles d'une même espèce.

Chez de nombreuses espèces, le mâle doit faire preuve d'une infinie patience et d'une belle ténacité pour pouvoir vaincre les réticences de la femelle face au moindre contact. L'approche est progressive, prudente. Les rebuffades et les échecs provisoires font partie du jeu. Au bout du compte, les réticences s'atténuent et le lien est tissé mais le contact direct reste furtif.
Les parades nuptiales, quelquefois discrètes et mesurées, à l'occasion complexes et surprenantes, offrent toujours un spectacle attrayant. Elles comprennent souvent le gonflement ou l'exposition d'une partie du plumage remarquable par son aspect ou sa couleur. Les attributs de la tête – huppe ou aigrettes – sont mis en valeur, de même que la queue, qui peut être redressée, étalée en éventail.
Les attitudes de séduction peuvent consister en petits sauts sur place, courbettes, étirement du cou, mouvements spasmodiques d'une partie du corps ou, au contraire, postures hiératiques, figées.
Les ailes sont fréquemment déployées pour révéler des marques ou des zones colorées, et agitées de tremblements ou de vibrations.
Chez certains rapaces et quelques limicoles ou canards, notamment, les parades peuvent être aériennes, consistant surtout en poursuites accompagnées de cris. Les vanneaux huppés excellent dans cet exercice et réalisent de stupéfiantes acrobaties aériennes ponctuées de miaulements et de cris aigus. Pour une importante proportion d'espèces, la parade n'est pas complète sans la phase de l'offrande nuptiale. Obéissant au rituel mis en vigueur au fil de l'évolution, le mâle se doit de proposer à sa partenaire un « cadeau » sous forme d'une proie ou d'un morceau de nourriture.
La sterne mâle présente à sa femelle un petit poisson. Le rouge-gorge offre à la sienne une becquée d'insectes. Le busard cendré apporte à sa compagne un campagnol qu'elle saisit en plein vol, décrivant en cette occasion une gracieuse arabesque aérienne.

À gauche
Bec pointé vers le ciel dans une attitude un peu compassée, le fou de Bassan exécute scrupuleusement l'une des phases de la parade rituelle de l'espèce.

À droite
Il faut imaginer cette scène dans sa réalité dynamique et sonore : le mâle bat vigoureusement des ailes pour déposer le petit poisson dans le bec que la femelle tient ouvert en une attitude quémandeuse.
Des cris stridents ponctuent l'offrande.

Ces cadeaux, qu'il faut se garder de considérer de façon anthropomorphique, sont loin d'avoir seulement une valeur symbolique. Ils sont en réalité destinés à prouver à la femelle que le mâle sera bien capable de la nourrir lorsqu'elle sera retenue au nid par la couvaison, puis de participer au ravitaillement de la nichée.

Bien souvent, mais ce n'est pas une règle absolue, la parade se conclut par l'accouplement proprement dit, auquel la femelle invite le mâle en adoptant une posture particulière qui signale son assentiment. Cette attitude correspond en général à un accroupissement. Ce moment culminant exige de la part du mâle de véritables talents d'acrobate car il doit se tenir en équilibre sur le dos glissant de sa partenaire qui, il est vrai, l'aide dans sa tâche en restant immobile et, parfois, en écartant un peu les ailes. On imagine la difficulté que cela représente pour les espèces à longues pattes, comme les hérons, flamants ou cigognes. Les rapaces mâles, à cet instant, prennent la précaution de fermer leurs serres afin d'éviter de blesser la femelle.
Une particularité vaut d'être signalée. Les martinets s'accouplent en plein vol, réinventant en somme à chaque printemps l'expression « atteindre le septième ciel »...

Jeune mâle cherche nid d'amour

La localisation du nid – ou du moins de l'endroit où seront déposés les œufs car on verra plus loin que tous les oiseaux ne construisent pas de nid – est extraordinairement variée. Les corniches des falaises intéressent les oiseaux de mer comme les alcidés, les fous de Bassan ou les mouettes tridactyles, mais aussi les rapaces.
Dans ce dernier groupe, toutefois, les migrateurs sont peu nombreux, sans doute parce que les bons sites sont réservés aux sédentaires qui, les occupant toute l'année, semblent exercer sur eux une sorte de monopole. Des branches maîtresses aux branchettes du faîte, les ramures des arbres sont investies par quantité de passereaux, des corbeaux freux jusqu'aux grives mais aussi par les pigeons ramiers et les tourterelles des bois. Les frondaisons intéressent aussi bien des rapaces, des hérons que de rares limicoles comme le chevalier cul-blanc. Les arbustes et les buissons, qu'ils soient épars ou groupés en haies, accueillent eux aussi une proportion importante de passereaux : fauvettes, bruants ou merles. Les marais, avec leurs grandes roselières inondées, hébergent des oiseaux comme les fauvettes aquatiques, les hérons pourprés ou les busards des roseaux. Les pièces d'eau elles-mêmes reçoivent le nid des grèbes, des mouettes ou des guifettes. Les cavités des arbres – et parfois celles des rochers – abritent des oiseaux que l'on qualifie de « cavernicoles ». Parmi les migrateurs cavernicoles figurent le gobe-mouche noir, le rouge-queue à front blanc, le petit-duc scops ou, de façon plus étonnante, des canards tels le garrot à œil d'or ou les harles. Chez ces derniers, les poussins devront sauter de leur refuge avant de pouvoir gagner l'eau la plus proche !
Le sol sert très souvent de support aux couvées, qu'il s'agisse de la plupart des limicoles, des sternes et goélands, de la caille des blés, ou encore de passereaux comme les alouettes ou les pouillots. Enfin, les édifices bâtis par l'homme ont été adoptés par toute une série d'espèces qui y ont notamment trouvé des substituts à des sites rupestres. Parmi les plus connues figurent les hirondelles rustiques et de fenêtre et les cigognes blanches, mais aussi les martinets, les rouges-queues noirs et des rapaces comme les faucons crécerelles ou pèlerins.

Ci-dessus
Les macareux moines consacrent de longs moments à se dispenser des marques d'intérêt. Plus que de véritables soins du plumage, ces petits gestes du bec sont le témoignage symbolique de l'attachement marqué existant durant la nidification.

À droite
Chez le macareux moine (ici de retour de la pêche, sa moisson de lançons au bec), les liens conjugaux sont durables et un même couple peut se retrouver d'une année sur l'autre pour mener à bien une nouvelle nidification.

Pages suivantes
Conclusion des manœuvres de séduction chez les huppes fasciées. La femelle réclame avec insistance la chenille que lui destine le mâle. Celui-ci semble partagé entre le désir de satisfaire sa partenaire et la crainte de l'approcher. Les parades nuptiales ont justement pour fonction d'atténuer progressivement l'agressivité instinctive existant entre les membres du couple.

La tactique du coucou

Certaines espèces ont radicalement résolu le problème de l'édification d'un nid : elles n'en élaborent pas. Ces oiseaux se contentent de pondre à même la roche d'une corniche de falaise, comme les guillemots, ou directement sur le sol, souvent dans un petit creux, tels le labbe parasite ou les glaréoles. Tout au plus, des limicoles comme les gravelots, les vanneaux ou les huîtriers se contentent-ils de rassembler quelques débris de coquillages ou fragments végétaux dans une petite dépression moulée dans la terre ou le sable par des pressions de la poitrine. La femelle de l'eider utilise son propre duvet comme unique garniture du creux du sol qui lui sert de nid. Quelques oiseaux se servent tout simplement de l'ancien nid d'une autre espèce. Le faucon hobereau, à son retour d'Afrique, s'adjuge ainsi un vieux nid de corneille ou de corbeau freux. Le coucou gris et le coucou geai font mieux encore puisque, non seulement ils ne bâtissent pas de nid, mais ils pondent dans celui d'une autre espèce : petits passereaux pour le coucou gris et pie bavarde dans le cas du coucou geai !

Toutefois, notamment chez les passereaux et de nombreux oiseaux d'eau, la construction d'un nid est de rigueur. Pour les migrateurs plus encore que pour les autres oiseaux, la rapidité de l'édification du nid est de mise. Il n'est pas question de perdre du temps, aussi la besogne est-elle menée à bien dans des délais restreints, de l'ordre d'une poignée de jours. À ce sujet, la cigogne blanche ou le balbuzard pêcheur font preuve d'originalité en se contentant de « recharger » le nid de l'année précédente avec quelques branches supplémentaires. Au fil des rechargements successifs, la construction peut atteindre des proportions impressionnantes au point d'entraîner parfois l'effondrement du support lorsqu'il s'agit d'un arbre !

Grand luxe ou confort spartiate

Chez des espèces aussi variées que le guêpier d'Europe, l'hirondelle de rivage, les puffins ou le macareux moine, le nid n'est en fait qu'un terrier. Les autres oiseaux, les bâtisseurs authentiques, emploient toutes sortes de matériaux. Brins d'herbe, tiges, paille, rameaux, branches et branchettes sont couramment utilisés. Pour façonner leur nid en coupe plus ou moins fermée selon les espèces, les hirondelles ont recours à la boue qui, en séchant, forme un torchis très résistant.

Les « talents » des constructeurs sont variés. Le nid de la tourterelle des bois est une simple plate-forme de branchettes ; celui de la rousserolle effarvatte, une profonde coupe de brins et de tiges adroitement fixée à quelques hampes de roseaux. Le nid de la mésange rémiz – ou rémiz penduline – est un authentique chef-d'œuvre d'architecture naturelle. C'est une sorte de bourse feutrée et douillette à entrée latérale, suspendue à l'extrémité d'un rameau surplombant en général l'eau afin d'accroître encore la sécurité de la nichée.

Les matériaux mis à contribution pour la garniture du nid sont sélectionnés pour leur douceur et souvent aussi en raison de leurs qualités thermiques qui contribueront à assurer le maintien au chaud des œufs. Ce sont fréquemment des plumes, des poils, de la bourre végétale, ainsi que beaucoup d'éléments résultant de l'activité humaine : brins de laine, fils de toutes sortes, brimborions de papier et autres morceaux de plastique. Parfois, comme on l'a signalé, la garniture du nid demeure symbolique. Quelques fétus, de petits cailloux, cinq ou six galets ou quelques crottes de lapin peuvent suffire à assurer un confort plutôt spartiate.

Ci-dessus
En recevant un insecte en guise d'offrande nuptiale, la huppe femelle peut juger de l'aptitude du mâle à la nourrir lorsqu'elle sera recluse dans son nid.

À droite
La parade nuptiale du tichodrome échelette comprend le déploiement des larges ailes ornées de carmin et de pastilles blanches, qui font ressembler ce petit oiseau montagnard au vol souple à un gros papillon de nuit coloré.

L'emplacement où les œufs seront pondus ayant été choisi, le nid – lorsqu'il en existe un... – étant aménagé, le miracle renouvelé chaque printemps peut avoir lieu. Si tout se passe bien, dans quelques semaines, les jeunes oiseaux seront là.

Le bonheur est dans le nid

Pour les parents commence alors la période la plus active de l'année. Pas une seconde de répit, qu'il s'agisse de satisfaire les nouveau-nés ou de les surveiller, selon qu'ils restent au nid ou qu'ils le quittent peu après l'éclosion, ainsi qu'on le verra. Plus encore que les autres oiseaux, les migrateurs doivent se hâter de mener à bien la reproduction avant que l'implacable marche des saisons n'impose sa loi et qu'ils ne ressentent une nouvelle fois la nécessité vitale de repartir vers le sud.

Ci-dessus
Tout en douceur. Protégés du froid par leur épais duvet, les poussins de l'eider se collent à leur mère dont ils recherchent la présence rassurante.

À droite
Le plongeon catmarin doit patienter près d'un mois avant que l'éclosion de ses œufs ne lui permette d'abandonner l'îlot où son nid a été installé à l'abri des prédateurs terrestres.

Des œufs sous haute protection

Entre les mois d'avril et de juin, au cœur des buissons, dans l'entrelacs des branchages, au fin fond des marais ou sur les plages et les falaises, des milliards d'œufs d'oiseaux sont pondus à travers toute l'Europe. Cette abondance est, en soi, impressionnante, mais ce qui est au moins autant étonnant, c'est qu'un phénomène d'une telle ampleur puisse se dérouler, bien souvent, dans une discrétion à peu près parfaite. Il est vrai que cette précaution représente un excellent gage de sécurité. Les oiseaux qui ne cherchent pas à se dissimuler en pleine période de nidification sont ceux qui se reproduisent en s'assemblant en colonies comme, souvent, le font les oiseaux de mer mais aussi la plupart des hérons. Pareille stratégie trouve sa justification dans l'association d'intérêts : le nombre des membres du groupe garantit en général la tranquillité de chacun d'eux. Qu'un prédateur, corneille ou renard, s'intéresse, par exemple, à une colonie de sternes ou de mouettes et c'est aussitôt l'union sacrée. Les oiseaux foncent sur l'intrus en se relayant, sans jamais relâcher leur pression belliqueuse. Assourdi de cris stridents, harcelé de coups de bec, l'intrus se sent bientôt menacé et choisit normalement de battre en retraite sans demander son reste ! Les petits grèbes à cou noir ont compris

tout le parti qu'ils pouvaient tirer de cette vigilance active et installent leurs propres nids au milieu de ceux des mouettes rieuses, bénéficiant ainsi d'une protection efficace sans avoir à fournir d'efforts.

En revanche, pour tous les oiseaux qui ne nichent pas en colonies dont la presque totalité des passereaux, il est impératif de ne pas se faire repérer, de ne pas signaler le nid à l'attention des prédateurs qui rôdent. Leurs œufs sont donc pondus loin des regards. On verra plus loin que cette discrétion est également de mise une fois que les oisillons sortent de l'œuf.

Atmosphère chaleureuse

Pour qu'un embryon puisse se développer à l'intérieur de l'œuf, il faut qu'il soit maintenu à une certaine chaleur pendant un temps déterminé. C'est ce qu'on appelle l'incubation. Elle est fréquemment assurée par la femelle, qui dispose de « plaques incubatrices » sur la face ventrale. Ce sont des zones de peau dénudée, bénéficiant d'une irrigation sanguine sous-cutanée accrue au moment de la nidification de façon à procurer la chaleur nécessaire aux œufs. Lorsqu'elle s'installe sur ses œufs, la femelle écarte les plumes de son ventre pour mettre ses plaques incubatrices en contact direct avec les œufs. Si la femelle est seule responsable de l'incubation, le mâle se contente, éventuellement, d'empêcher le refroidissement de la couvée lorsque la femelle doit s'absenter. Chez certaines espèces, toutefois, mâle et femelle ont les mêmes atouts physiologiques et le couple se partage la tâche de la couvaison de manière à peu près équivalente. Une forme de parité est ainsi respectée chez l'étourneau sansonnet, le rollier d'Europe, l'hirondelle de fenêtre ou le petit gravelot. Lorsque la femelle est seule en charge de l'incubation, comme cela se produit chez la pie-grièche écorcheur ou le faucon hobereau, il n'est pas rare

Ci-dessus (de gauche à droite)
La petite histoire des grèbes à cou noir : tentation, séduction, couvaison, éclosion. Un cadeau du mâle à la femelle scelle l'union ; l'accouplement a lieu sous l'œil d'un couple de guifettes moustacs ; à tour de rôle, les deux partenaires se consacrent à l'incubation ; confortablement installé sur le dos de l'adulte, le poussin se laisse transporter à travers l'étang natal qu'il découvre.

À droite
La photo ne peut rendre l'ambiance sonore propre aux colonies de mouettes rieuses. Dans une agitation perpétuelle, chaque oiseau s'exprime avec force comme s'il voulait couvrir les cris des voisins. Le résultat est assourdissant.

que l'essentiel de son ravitaillement soit assuré par son partenaire, souvent directement au nid. La couvaison demande finalement assez peu de temps. Chez les passereaux, elle ne dure que deux semaines environ (il peut suffire de onze jours chez l'alouette des champs ou le tarin des aulnes). Il faut compter de une à deux semaines supplémentaires chez la plupart des espèces de taille plus importante. L'incubation demande ainsi une vingtaine de jours chez des oiseaux aussi différents que le martinet noir, la bécasse des bois, la guifette noire ou la sarcelle d'été. Un peu moins d'un mois est nécessaire aux œufs de la macreuse noire, de l'oie rieuse ou du vanneau huppé pour parvenir à l'éclosion. En règle générale, l'incubation ne dépasse pas ces valeurs chez la majorité des espèces migratrices, presque toujours soumises à la dictature du temps qui passe. Même chez une espèce aussi imposante que le cygne sauvage (dont le poids peut dépasser dix kilos et les œufs peser environ 300 grammes – à comparer avec le gramme que pèse l'œuf du pouillot fitis !), l'incubation ne dure qu'un peu plus d'un mois. C'est également pour des raisons d'économie de temps que de nombreux oiseaux migrateurs – surtout parmi ceux effectuant de longs déplacements – n'ont qu'une seule nichée par an alors que bien des sédentaires ou même des migrateurs partiels disposent d'assez de temps pour élever deux nichées annuelles ou plus. Mais comme souvent dans la nature, il existe des exceptions. La règle de la nichée unique n'y échappe pas. Les hirondelles, pourtant migratrices déclarées, peuvent ainsi mener à bien deux ou trois nichées entre avril et octobre.

En cas de problème, si par exemple la couvée est détruite par un prédateur, voire anéantie en raison de la persistance de conditions météorologiques défavorables (pluie soutenue, froid vif…), si les jeunes meurent ou sont capturés à un stade précoce, une autre ponte peut avoir lieu. On parle alors de ponte « de remplacement ». Toujours pour des contraintes chronologiques, les migrateurs ne peuvent opter pour cette solution que si le calendrier le leur permet. Les aigrettes garzettes, par exemple, ne font une nouvelle tentative que si l'éventuel problème se manifeste en début de saison de nidification. Le pélican blanc, de façon plus rigoureuse encore, ne produit une ponte de remplacement que dans le cas où la perte de la première intervient moins d'une dizaine de jours après qu'elle a été déposée. Pour tous ces oiseaux, quand le nid est pillé ou détruit à un stade trop avancé, le remplacement de la couvée ou celui de la nichée exigerait un temps trop important et les adultes sont contraints d'abandonner la nidification cette année-là. Certaines espèces, d'ailleurs, comme l'oie à bec court ou le fulmar boréal, n'entreprennent jamais de ponte de remplacement, même à supposer que le temps disponible le leur permette.

À peine sortis de l'œuf

Après l'éclosion, les poussins sont loin d'être tous logés à la même enseigne. En fait, ils se répartissent en deux groupes : les « nidicoles », qui naissent à l'état de larve, en général sans plumes, les yeux fermés, totalement dépendants des parents pour être réchauffés et ravitaillés, et les « nidifuges », qui viennent au monde couverts d'un duvet fourni, les yeux ouverts et se montrent presque aussitôt capables de se déplacer et de se nourrir.

À gauche
Stoïque sous l'averse, une femelle de circaète Jean-le-Blanc couve ses œufs.

À droite
Dissimulée derrière l'écran protecteur des roseaux, la femelle grèbe huppé se consacre à l'incubation de sa ponte en attendant que son partenaire prenne la relève, ce qui peut demander plusieurs heures.

Les premiers n'exigent qu'une incubation assez courte mais ont besoin d'un temps supplémentaire après l'éclosion pour atteindre une certaine autonomie. Le temps d'incubation nécessaire aux seconds est un peu plus long mais ils disposent de cette relative autonomie dès leur sortie de l'œuf ou presque. Les poussins des passereaux, des pics, des rapaces diurnes ou nocturnes, ou encore ceux des hérons sont nidicoles alors que ceux des limicoles, de la caille et des perdrix, des canards ou des grèbes sont nidifuges.

Selon les cas, les parents s'occupent tous deux de leur nichée – chez les grèbes, les oies, les grues et les rapaces – ou bien cette mission revient à l'un des adultes, en général la femelle.

Parfois, le mâle se contente de surveiller les jeunes tandis que la femelle s'en occupe plus directement, notamment en les nourrissant. Chez les rapaces, le mâle apporte les proies au nid mais c'est la femelle qui les dépèce et en assure la distribution aux poussins. Les passereaux mâles et femelles participent à peu près équitablement au ravitaillement de la nichée mais si la femelle entreprend une deuxième nidification, c'est au mâle que revient la responsabilité de guider durant quelques jours les jeunes de la première couvée, jusqu'à ce qu'ils soient capables de se débrouiller seuls. Chez de nombreux canards, la femelle s'occupe seule des canetons, le mâle n'étant mis à contribution que pour l'accouplement. Au contraire, dans le cas des limicoles nichant dans les contrées arctiques, c'est au mâle que revient l'entière responsabilité des poussins. Dès que la femelle s'est acquittée de la ponte et de l'incubation, elle entreprend une nouvelle migration vers le sud. Fatiguée par la conjugaison du long voyage de retour entre l'Afrique et la toundra arctique et de l'élaboration des œufs, elle passe en quelque sorte le relais à son partenaire, en meilleure condition physique. Les limicoles présents en été en Europe moyenne sont donc, dans bien des cas, des femelles déjà en route vers leurs quartiers d'hiver.

L'art de la dissimulation

Chez les espèces dont les poussins sont nidicoles, la prudence régit encore une fois le comportement des adultes lors du ravitaillement. De même que le nid avait été dissimulé avec soin, les allées et venues rendues nécessaires par l'insatiable appétit de la nichée se déroulent le plus souvent sous le signe de la discrétion.

Le nid n'est abordé qu'après une phase d'observation permettant de constater qu'aucun danger ne menace. Dans le même souci, l'adulte n'accède pas au nid de façon directe. Tantôt il se pose dans le buisson voisin et gagne le nid en progressant de rameau en rameau, tantôt il atterrit à quelques mètres de sa nichée avant de l'atteindre en se déplaçant à l'abri des hautes herbes. Si un péril est repéré par l'oiseau sur le point de retourner au nid, il restera à distance un long moment, souvent en émettant sans arrêt un bref cri d'inquiétude. Dans l'hypothèse où l'intrus tarde à s'écarter, l'oiseau peut finalement avaler la becquée qu'il destinait à ses poussins et se résoudre à quitter provisoirement les lieux, renonçant un temps au nourrissage.

Les exceptions à ces règles de prudence extrême concernent – outre les oiseaux coloniaux, comme cela a été évoqué – les oiseaux qui ont choisi de vivre au contact de l'homme. Les hirondelles ou les cigognes vaquent ainsi aux différentes activités liées à la nidification sans chercher le moins du monde à se dissimuler. La confiance manifestée par ces oiseaux s'explique par l'important capital de sympathie dont ils bénéficient. Considéré comme un symbole de félicité, leur retour printanier est attendu avec impatience.

Ci-dessus
Chez les tariers pâtres, la rude tâche du nourrissage des jeunes est partagée entre le mâle (en haut) et la femelle (en bas). En deux semaines, des milliers d'insectes seront ainsi déposés dans les gosiers avides des poussins.

À droite
Au nid de la guifette moustac. Pendant que l'un des adultes (en haut) se charge du ravitaillement, l'autre (en bas) demeure à proximité des tout jeunes poussins. L'un d'eux est masqué sous le ventre de l'adulte tandis que l'autre, bien campé sur ses petites pattes, scrute les environs de son regard inquisiteur.

Toujours pour des raisons de préservation de la discrétion, l'évolution a pourvu les poussins nidicoles d'un système particulier de conditionnement des excréments. Un nid souillé par des fientes blanches deviendrait en effet rapidement très visible et serait bientôt livré à l'attention toujours active des prédateurs. D'un autre côté, si les fientes des poussins avaient la même consistance molle, voire quasi liquide, que celles des adultes, ces derniers ne pourraient aisément s'en emparer. Cet écueil, comme bien d'autres, a été surmonté par la nature et les fientes des poussins sont enrobées d'une substance à la consistance gélatineuse qui les rend faciles à transporter. Les adultes peuvent ainsi les emporter au bec, avant de les laisser tomber au loin tout en volant. Le problème est d'ailleurs, au moins dans les premiers temps de l'élevage des jeunes, souvent radicalement réglé, puisque les adultes ingèrent carrément les fientes de la nichée. Ce comportement apparaît certes fort peu ragoûtant mais s'avère profitable en raison des éléments nutritifs contenus dans lesdites fientes.

Émancipation des jeunes

Chez les oiseaux nidicoles, le séjour au nid varie – tout comme l'incubation – en fonction de la taille des oiseaux. Par ailleurs, l'aptitude à quitter le nid ne dépend pas de la capacité à voler. Il arrive souvent que les petits quittent leur abri en voletant maladroitement ou même en marchant ou en sautillant. Les poussins des petits passereaux ne demeurent au nid que deux semaines environ. Certains oisillons, toutefois, à l'instar de ceux de la rousserolle effarvatte ou de l'alouette lulu, peuvent s'écarter du nid au bout d'à peine dix jours. Il reste encore à patienter jusqu'à la pousse complète des premières plumes puis les oisillons devront apprendre à subvenir à leurs besoins de façon autonome. Si, quelques jours après avoir quitté le nid, les jeunes étourneaux sansonnets sont livrés à eux-mêmes, il faut quelques semaines aux jeunes fauvettes des jardins et un mois et demi aux jeunes pies-grièches à tête rousse pour être indépendantes. À ce stade, la dispersion des jeunes oiseaux peut commencer ; elle fera l'objet du prochain chapitre.

Plumages de jeunesse

Qu'ils soient nidicoles ou nidifuges, les poussins passent par un premier stade de « plumage » constitué de très courtes plumes lâches, le duvet. Chez les nidicoles, ce duvet est souvent blanc ou gris. En revanche, chez ceux qui quittent précocement l'abri du nid, le duvet doit remplir un rôle de camouflage protecteur.

À gauche
Un petit sur le dos et d'autres à l'abri de ses larges ailes, une femelle de cygne tuberculé est entièrement monopolisée par sa nichée. Les cygnes sont connus pour manifester un attachement très marqué à leurs jeunes.

À droite
Toute la grâce et la légèreté de la sterne arctique éclatent dans cette scène merveilleusement saisie où un adulte vient nourrir son jeune déjà grand.

Pages suivantes
Le fulmar boréal n'a pas pour habitude de débarrasser les abords du nid des éclats de coquille dispersés après l'éclosion. Il est difficile d'imaginer que ce poussin dont le duvet est à peine sec sera capable de voler avec l'aisance propre à l'espèce dans un mois et demi.

Il est donc couleur de mousse, d'écorce, de lichen ou de cailloux, mêlant en dessins complexes le brun, le roux, le noir ou le gris. Progressivement, le duvet est remplacé par ce qui constitue le premier plumage du jeune oiseau, également appelé « juvénile ». Cette livrée initiale est assez souvent une sorte de réplique affadie de celle de l'adulte. Les teintes sont moins affirmées, les marques et les dessins estompés, les reflets ternes ou absents. C'est le cas chez des oiseaux comme les oies, les guêpiers, les tourterelles et les pigeons, ou les hirondelles. Pour d'autres espèces, le plumage juvénile rappelle fortement celui de la femelle adulte. Les canards, notamment, les busards, certains faucons ou bien des passereaux comme les rouges-queues ou les bruants entrent dans cette catégorie. Enfin, chez certaines espèces, la différence entre adultes et jeunes est telle qu'il est difficile de croire que deux individus d'âge différent appartiennent réellement à la même espèce.
Rien de commun, si ce n'est la silhouette, entre un bihoreau gris (petit héron nocturne) adulte au beau plumage gris, noir et blanc, et un juvénile au plumage brun-gris ponctué de blanchâtre.
Tout sépare l'étourneau sansonnet adulte à la livrée noire à reflets colorés, du jeune entièrement brun cendré.

Chez les espèces de petite taille, au premier rang desquelles on trouve une grande partie des passereaux, le plumage juvénile est assez rapidement abandonné, dès l'automne et, en tout cas, avant l'hiver. Le jeune oiseau revêt alors un nouveau plumage qualifié de « plumage de premier hiver ». Dès lors, la différence entre les oiseaux âgés et ceux de l'année devient délicate à faire, sinon impossible. Pour de nombreuses espèces de taille moyenne, une partie du plumage juvénile est conservée, ce qui permet de continuer à opérer la distinction, même si les différences sont parfois subtiles. C'est le cas pour des oiseaux comme les sternes, les mouettes et certains limicoles. Le dernier cas de figure concerne les oiseaux de taille plus importante, dont le développement est par conséquent moins rapide. Les grands rapaces comme les aigles ou les vautours, ainsi que les goélands, connaissent ainsi sur plusieurs années une succession de plumages avant d'arborer celui caractéristique de l'adulte.

C'est avec le plumage de premier hiver, progressivement acquis, que beaucoup de jeunes oiseaux migrateurs vont pouvoir aborder leur premier grand voyage d'automne. En effet, le plumage juvénile offre l'avantage de se développer rapidement afin de remplacer le duvet et de permettre aux jeunes oiseaux de prendre leur envol initial le plus rapidement possible. Mais cette croissance accélérée présente l'inconvénient de produire des plumes de qualité médiocre, donc peu résistantes. Il est par conséquent nécessaire que les migrateurs soient dotés, après une mue au moins partielle, d'un plumage de meilleure qualité avant d'entreprendre les déplacements migratoires.

Ci-dessus
Arc-bouté sur les pattes et la tête, un poussin de coucou gris à peine éclos éjecte un œuf de la rousserolle dont il occupe le nid. L'instinct lui commande d'agir ainsi afin de demeurer l'unique occupant des lieux et d'être ensuite le seul à être nourri par ses parents adoptifs.

À droite, en haut
Blottis dans la végétation, ces poussins de bécassines des marais sont protégés par leur plumage dont les motifs complexes se fondent avec les mousses et les feuilles alentour.

À droite, en bas
Quittant le nid avant même de savoir voler, la jeune alouette des champs doit attendre quelques jours supplémentaires afin que le développement des plumes de ses ailes autorise son premier envol.

Après le douillet séjour au nid et la découverte du monde aux côtés de leurs parents, les jeunes oiseaux finissent par acquérir leur autonomie.

L'envol des jeunes

Au début, ils donnent l'impression de ne savoir trop comment profiter de cette liberté, d'autant qu'ils ont souvent été chassés par les adultes qui, leur « mission » achevée, ne tardent pas à devenir intolérants envers leur descendance. C'est l'époque un peu floue de la dispersion, qui suit immédiatement l'émancipation des nichées et précède leur véritable départ en migration. Partagés entre leur besoin de se reposer et leur désir de partir, certains adultes peuvent aussi connaître temporairement cette phase de dispersion désordonnée.

En portrait
Douillettement installées dans la coupe d'argile qui leur sert de nid, de jeunes hirondelles rustiques – ou hirondelles de cheminée – attendent sagement le retour des adultes porteurs d'insectes capturés en vol. Leur gorge ocrée ne deviendra rouge brique comme celle des adultes que dans quelque temps, après la mue.

À droite
Déjà de la même taille que ses parents, ce jeune vanneau huppé est à présent indépendant et peut, au sens propre comme au sens figuré, « voler de ses propres ailes ». Certains signes permettent néanmoins de le distinguer d'un adulte : sa huppe est très courte, les côtés de sa tête ne sont pas encore blancs, les marques sombres entourant l'œil manquent encore de netteté et les plumes du dessus portent des liserés pâles.

Au petit bonheur...

Pour les jeunes oiseaux appartenant aux espèces qui entretiennent des liens familiaux au moins jusqu'au seuil de l'hiver, comme les cygnes ou les oies, le départ en migration s'opère avec une certaine facilité. Il leur suffit en somme de se laisser guider, de suivre le mouvement général sans avoir à passer par une période d'adaptation à la vie indépendante. Ceci n'empêche pas cependant que tel ou tel individu, quittant le groupe par accident, se retrouve momentanément isolé et plus ou moins perdu. Pour toutes les autres espèces, celles chez lesquelles les relations familiales sont éphémères, les jeunes se retrouvent directement livrés à eux-mêmes, à leur instinct. Dans ces conditions, bien des jeunes oiseaux s'égaillent pendant quelques semaines, avant de se décider à prendre réellement le chemin de leurs quartiers d'hiver. Bien qu'elle soit globalement orientée vers le sud, cette dispersion post-nuptiale conduit parfois les représentants de la nouvelle génération en des lieux vers lesquels ils n'auraient normalement pas dû se diriger. Mais, exemple pris sur un congénère ou changement météorologique, les erreurs de trajectoire de ces oiseaux aventureux tentés par l'exploration de nouveaux sites sont le plus souvent corrigées peu à peu. Elles peuvent éventuellement se prolonger et, le cas échéant, aboutir à une issue tragique en cas de brutale installation du mauvais temps.

« Parfois un grand oiseau
projette son ombre,
Ermite aux longues jambes
des étangs d'alentour. »

Frédéric Mistral

Le temps de l'errance

L'énorme population des jeunes oiseaux, bien plus nombreux que les adultes en fin d'été, fait qu'ils sont partout présents. Les haies, les buissons, les sous-bois bruissent de l'agitation des ailes nouvelles qui partout s'exercent. Sur les étangs, dans les marais, le long des côtes, là aussi, les plumages moins colorés, plus sobres, des jeunes s'imposent par leur nombre. Les jeunes passereaux volettent, pour certains encore un peu maladroitement. Les jeunes canards, dont le plumage rappelle celui des femelles adultes, ne savent pas encore à quels dangers ils seront bientôt exposés. Les jeunes rapaces, enfin, continuent l'apprentissage de la chasse qu'ils ont commencé sous la conduite de leurs parents. Il n'est pas encore question de grand voyage. L'été est toujours là, même si quelques signes de sa dégradation commencent à se manifester. Les orages, la fraîcheur nocturne ou, dans le nord de l'Europe, les premières neiges, annoncent que l'automne approche bel et bien.

En attendant, de nombreux jeunes migrateurs se déplacent au gré de leur humeur, en fonction des opportunités qu'ils rencontrent au cours de leur errance provisoire. D'autres stationnent sur des sites accueillants où tranquillité et ravitaillement leur paraissent garantis. Bien qu'ils puissent découvrir ces lieux de leur propre initiative, l'exemple leur est sans doute souvent donné par les oiseaux plus âgés qui fréquentent assidûment ces mêmes lieux. Le fait que des oiseaux d'une même espèce, jeunes et plus âgés, fréquentent les mêmes sites favorables aux concentrations ne signifie d'ailleurs pas que ces oiseaux aient adopté la même stratégie de déplacement. C'est plutôt la qualité des sites en question qui explique ces rencontres. Mais alors que les adultes sont guidés par une pulsion migratoire précise et ont déjà en quelque sorte une idée de leur plan de route ainsi que de l'objectif qu'ils visent, les jeunes oiseaux ont davantage tendance à se donner un répit, à « flâner » quelque peu. Pourtant, bien vite, cette phase intermédiaire va prendre fin. La migration proprement dite va débuter et il s'agira pour tous ces jeunes oiseaux de s'y préparer activement.

Ci-dessus
Une femelle de fuligule milouin s'ébroue sans quitter de l'œil l'un de ses canetons. Tous les individus d'une même espèce ne nichent pas exactement au même moment d'un bout de l'aire de répartition à l'autre. Chez les fuligules, par exemple, des canetons peuvent se rencontrer de la mi-mai à la fin juillet. La détermination des dates de la chasse au gibier d'eau doit tenir compte de ces réalités biologiques.

À droite
Ce jeune héron cendré en pleine phase d'errance après la nidification n'arbore pas encore le beau plumage des adultes. Il est notamment dépourvu des longues plumes fines qui retombent sur la nuque des sujets ayant atteint leur maturité sexuelle.

Qu'ils soient nés au printemps ou déjà plus âgés, les oiseaux migrateurs vont maintenant devoir songer à reprendre le chemin des zones d'hivernage.

L'heure du grand départ

Certains, comme on l'a vu dans la deuxième partie, n'effectueront que de modestes déplacements. D'autres vont, à nouveau ou pour la première fois, voir défiler sous leurs ailes des milliers et des milliers de kilomètres au cours d'une aventure qui les emmènera tour à tour au-dessus des terres, des monts, des déserts et des mers.

En portrait
Pour les cigognes blanches, le moment du grand départ approche. Après avoir passé quelques mois à élever leurs petits au Danemark, en France ou en Espagne, elles vont reprendre le chemin des savanes africaines. Pourtant, depuis quelques années, certaines d'entre elles ont tendance à demeurer en Europe pour l'hiver, notamment dans le sud de l'Espagne.

À droite
Dans peu de temps ce courlis – pour l'instant perché dans un arbre comme le font certains limicoles sur leurs lieux de nidification – trottinera sur les vasières le long des côtes atlantiques de l'Europe à l'occasion de sa fuite vers le sud.

Du romantisme des hirondelles

L'idée selon laquelle la migration des oiseaux est un phénomène strictement automnal relève de l'imagerie romantique. Les poètes ont largement contribué à créer ce stéréotype en associant souvent l'automne au départ d'oiseaux migrateurs emblématiques comme les hirondelles. De la même manière, on imagine volontiers que la majorité des oiseaux migrateurs partent à peu près en même temps, comme s'ils obéissaient à quelque mystérieux signal. Tout cela est erroné. En fait, l'amorce de la migration post-nuptiale prend place dès le mois de juillet, notamment dans le nord de l'Europe et sous les latitudes arctiques. Là, l'été ne dure finalement que deux ou trois mois, aussi les oiseaux se reproduisent-ils à peine arrivés et quittent-ils les lieux dès la nidification terminée, après quelques semaines seulement de séjour. Une telle rapidité est le lot commun des plongeons, bécasseaux, canards nordiques ou de passereaux comme le bruant des neiges ou le bruant lapon.

Si l'on soustrait le temps nécessaire à la formation du couple et à l'éventuelle construction du nid, celui de l'incubation et enfin de la pousse du plumage juvénile indispensable au premier vol, on constate que les jeunes de certaines de ces espèces peuvent ne disposer que d'une période de l'ordre de trois semaines pour se préparer à la migration. Passé ce délai, la dégradation rapide des conditions atmosphériques mettrait en péril leur survie.

Même en Europe moyenne, certains groupes se hâtent d'assurer leur descendance alors que la météo ne leur impose pas d'aussi impérieuses contraintes. Les martinets noirs, par exemple, n'arrivent sous ces latitudes que vers la fin du mois d'avril et repartent déjà, pour l'essentiel de la population, à partir de fin juillet et dans la première moitié du mois d'août. Après cette limite, même s'il reste quelques retardataires, c'en est fini des rondes effrénées au ras des toits des villes et villages d'Europe, à grand renfort de cris stridents dans la tiédeur du crépuscule. La brièveté de ce séjour qui ne dure que trois ou quatre mois fait parfois considérer le martinet – mais cela est vrai pour d'autres espèces comme le coucou, le guêpier, l'engoulevent et divers passereaux – comme un oiseau « africain » puisqu'il passe deux à trois fois plus de temps en Afrique qu'en Europe !

Les dates de départ en migration sont donc très variables et dépendent à la fois de la situation géographique et du comportement propre à chaque espèce. Les migrateurs partiels présentent sans doute la propension la plus marquée à différer leur départ. Plus qu'une mécanique interne qui se mettrait en action, c'est chez eux l'influence des conditions locales qui entre en jeu et les incite à se déplacer, parfois tardivement en saison.

Ci-dessus
Il ne reste que bien peu de temps aux hôtes du Spitzberg pour s'acquitter de la perpétuation de l'espèce. Dans quelques semaines, neige et glace auront repris possession des abords de la baie du Roi.

À droite
Ces deux sternes arctiques adultes semblent inciter par des cris leur grand jeune à prendre son envol. Des glaces du Grand Nord, tous trois passeront bientôt aux rivages antarctiques, à l'autre extrémité de la planète...

une orgie de sucre

On l'a vu précédemment, départ en migration des oiseaux et état de leur plumage sont, d'une façon ou d'une autre étroitement liés. De nombreuses espèces migratrices se déplacent après que la mue les a dotées d'un plumage neuf, au moins en ce qui concerne les longues plumes des ailes. Celles qui migrent à l'automne avant d'avoir renouvelé leur plumage l'ont souvent fait assez tard au printemps, si bien qu'elles disposent encore de plumes suffisamment performantes qui pourront attendre l'hiver pour être changées. Mais si un plumage en bon état est indispensable au migrateur, ce dernier doit aussi être en mesure d'accomplir l'effort à la fois intense et soutenu qu'imposent les déplacements migratoires, surtout les plus longs d'entre eux. En d'autres termes, ses muscles alaires doivent être physiologiquement capables de fonctionner au mieux durant des périodes parfois prolongées. Pour « faire tourner son moteur », l'oiseau a besoin de « carburant ». Cette source d'énergie est tout simplement la graisse dont la combustion par l'organisme rend possible l'activité musculaire avec un excellent rendement, bien supérieur à celui des hydrates de carbone ou des protéines. Il s'agit seulement d'en emmagasiner suffisamment. Pour ce faire, aux approches de la migration, les oiseaux voyageurs connaissent d'une façon générale un comportement que les scientifiques qualifient d'« hyperphagie », c'est-à-dire en somme une boulimie. Ils doivent manger beaucoup afin de se mettre en condition pour le voyage en accumulant la fameuse graisse dont ils auront un besoin pressant. Celle-ci est notamment produite par leur organisme à partir du sucre contenu dans les aliments qu'ils ingèrent.
De nombreux migrateurs vont donc se mettre en quête de ressources alimentaires riches en sucre. Au cours de la période de préparation au départ automnal, certains passereaux – fauvettes, gobe-mouches, grives... – consomment ainsi en abondance des fruits ou des baies à forte teneur en sucre. Quelques-uns d'entre eux modifient même en partie à cette époque leur régime alimentaire normalement insectivore pour devenir frugivores. Les fruits des sureaux, des groseilliers ou des cerisiers sauvages sont mis à contribution sur les sites de nidification ou lors des haltes migratoires situées plus au sud, comme autour du bassin méditerranéen. C'est ainsi que les figues sont activement mises à profit par de nombreux passereaux migrateurs comme les loriots ou les gobe-mouches, ces derniers ayant d'ailleurs, localement, reçu le nom évocateur de « becfigues ».

Étonnants voyageurs

Quel que soit le type de nourriture ingéré, l'organisme des oiseaux migrateurs élabore d'importantes réserves de graisse, au point que le poids d'un voyageur à court ou moyen rayon d'action peut augmenter d'un dixième à un quart, tandis que celui d'un grand migrateur arrive à un accroissement compris entre le tiers et la moitié de sa valeur initiale. Une fauvette pesant une vingtaine de grammes en temps normal parvient, en se suralimentant, à stocker une dizaine de grammes de graisse. Chez tous les oiseaux concernés, ce stock de lipides se trouve réparti d'une part à travers le corps, dans les tissus des organes, et, par ailleurs, sous la peau où il forme des amas graisseux. Ceux-ci sont situés en des endroits déterminés comme les flancs, l'abdomen, le croupion ou encore les « fosses claviculaires » localisées en avant des muscles pectoraux. La masse de ces derniers, éléments fondamentaux du vol, peut augmenter d'un tiers au moment du départ en migration.

Ci-dessus
En fin d'hiver – avant la migration de printemps – ou en fin d'été, pour se préparer à la migration de départ –, les baies et les petits fruits sont une précieuse ressource alimentaire pour bien des oiseaux migrateurs comme ces fauvettes à tête noire (la femelle est en haut) se gavant de baies de lierre.

À droite
Ce merle noir gobant une sorbe constitue activement ses réserves énergétiques avant de se mettre en route.

Pages suivantes
Les migrations sont l'occasion de rencontrer des oiseaux en des lieux surprenants, à l'occasion de quelque halte. Ainsi, cette pie-grièche écorcheur, surprise au milieu des tournesols en fleur, n'est absolument pas coutumière de ce type de culture extensive.

La surcharge pondérale due à la graisse se trouve partiellement compensée par une diminution dans l'organisme d'éléments comme les protéines, les hydrates de carbone ou l'eau. Une autre caractéristique physiologique remarquable des migrateurs concerne justement la satisfaction de leurs besoins élevés en eau, afin de compenser celle dont l'effort musculaire occasionne la déperdition : l'eau qu'ils utilisent est en effet produite lors de la combustion de la graisse par l'activité musculaire. On comprend par là que la graisse se présente pour les migrateurs comme une sorte de substance miracle. Non seulement elle est un excellent carburant mais sa combustion même donne l'eau dont ils ne peuvent se passer.

Dans la mesure où la graisse a les caractéristiques d'un carburant, on a pu déterminer l'autonomie qu'elle était susceptible de procurer

aux oiseaux migrateurs. Pour cela, il suffit de connaître la dépense d'énergie nécessaire au déplacement d'un gramme de masse corporelle durant une heure de vol, puis la valeur calorique d'un gramme de graisse. On a ainsi calculé qu'avec une masse de graisse de 10 grammes, un passereau pourrait en théorie voler durant une trentaine d'heures, à une vitesse moyenne de trente kilomètres à l'heure, ce qui lui permettrait de couvrir ainsi 900 kilomètres avant d'épuiser ses réserves de graisse ! Chez des oiseaux migrateurs meilleurs voiliers qu'un petit passereau, comme les canards ou les grands limicoles, les chiffres théoriques atteignent des valeurs stupéfiantes, de l'ordre de plusieurs milliers de kilomètres. De tels records se situent toutefois très au-dessus de ce que réalisent généralement les migrateurs, même si certains oiseaux hautement performants, cygnes ou oies notamment, s'en approchent à l'occasion, dans des conditions favorables, c'est-à-dire en bénéficiant de l'aide de puissants courants aériens.

Libres comme l'air

On comprend mieux ainsi à quel point les oiseaux migrateurs ont à la fois besoin de trouver de quoi se nourrir et de disposer de sites où ils peuvent le faire en toute tranquillité. En Europe, l'urbanisation galopante liée à la pression démographique ou à des considérations d'ordre touristique, l'évolution accélérée de l'agriculture avec utilisation de pesticides et modification des paysages, la régression des zones humides, tout cela concourt à faire disparaître ce dont les oiseaux migrateurs ont un besoin vital. Un oiseau en déplacement qui ne peut reconstituer à temps ses réserves de graisse est un oiseau condamné. Il importe donc que l'intérêt de ces étonnants voyageurs soit préservé le mieux possible pendant qu'il en est encore temps. L'existence de zones protégées en nombre et en superficie suffisantes devrait s'intégrer à une politique globale de conservation de la nature et de respect de la faune sauvage.

Sinon, comment imaginer que puisse disparaître le spectacle féerique qu'offrent deux fois par an ces oiseaux lancés dans l'incessante quête d'un ailleurs idéal ? Mus par d'irrépressibles pulsions vitales, les plus endurants de ces voyageurs emportent d'un hémisphère à l'autre les rêves de liberté des hommes qui les regardent, incrédules, inscrire en plein ciel leur prodigieux désir d'un éternel été.

À gauche
L'île d'Hoëdic, comme d'autres îles de l'Atlantique, héberge souvent des « occasionnels ». Ici, c'est un petit pouillot de Schwarz à mille lieues de son Asie orientale natale.

À droite
Mises en valeur par le plomb du ciel, les grues cendrées survolent une nouvelle fois les paysages espagnols, comme elles le font depuis des milliers d'automnes.

Petits conseils pratiques

L'équipement du parfait ornithologue amateur

Jumelles : grossissement 7 ou 8 avec diamètre d'objectifs d'au moins 30 mm.
Lunette terrestre (longue-vue) : grossissement de 15 à 30 avec oculaire à large champ (caractéristique codée « W »).

Pour mettre toutes les chances de son côté

Choisir l'un des sites mentionnés ci-contre – où l'on pourra bénéficier, le plus souvent, de conseils – ou en déterminer un en ayant soin de se placer sur une éminence offrant une vue dégagée, avec le soleil dans le dos.

Opter pour une journée sans pluie, de préférence avec vent modéré globalement orienté dans le sens de la migration ; au printemps : sud, à l'automne : nord.
À l'automne, la présence d'une dépression sur l'Europe du Nord augmente les chances de voir passer des oiseaux.

À intervalles réguliers, balayer lentement le ciel de gauche à droite, ou inversement en tenant les jumelles inclinées entre 30 et 45°.
Prêter également attention aux cris émis par les migrateurs : on les entend souvent avant même de les voir.

En cas d'observation en bord de mer, balayer l'horizon en plaçant dans le champ visuel environ un tiers de ciel et deux tiers de mer. S'arranger pour que le mouvement de balayage soit orienté dans le sens contraire de celui de la migration, ce qui permet d'améliorer le repérage des oiseaux en déplacement.

Observer le passage des oiseaux

Il est possible d'assister à la migration dans toutes les régions françaises, mais certains sites où se concentrent les oiseaux sont tout désignés pour observer dans les meilleures conditions la migration diurne « active », c'est-à-dire le passage proprement dit des oiseaux.
Ces sites privilégiés sont indiqués ici avec quelques informations essentielles afin de profiter au mieux de chacun d'eux.

Les migrateurs peuvent également être observés à l'occasion de leurs haltes, lors de l'hivernage ou encore sur les lieux de nidification. Une sélection des localisations les plus propices est présentée. Elles bénéficient en général d'un statut de protection qui permet d'y admirer les oiseaux en toute quiétude, souvent depuis des observatoires aménagés.

Ci-dessus, de gauche à droite
Grue cendrée,
rollier d'Europe,
mouette rieuse,
grèbe à cou noir,
mésange à moustaches,
rossignol,
chevalier arlequin
et cormoran huppé.

Les oiseaux en vol

En France

¬ Cap Gris-Nez

Département : Pas-de-Calais.
Localisation : côtière.
Saison : automne.
Espèces : surtout oiseaux marins : sternes, labbes, alcidés, plongeons, macreuses, eiders… Également : passereaux, rapaces…
Remarques : choisir une période avec des vents dominants soufflant du nord ou du nord-ouest. Aucune structure d'accueil.

¬ Leucate/Gruissan

Département : Aude.
Localisation : côtière.
Saison : surtout printemps, automne.
Espèces : passereaux, rapaces : milans, circaètes, éperviers… ; cigognes, guêpiers.
Remarques : ces deux sites sont proches.
Accueil-informations par la LPO à Gruissan, route de Tournebelle, de mi-juillet à fin octobre (04 68 49 12 12).

¬ Défilé de Fort-l'Écluse

Département : Ain.
Localisation : vallée du Rhône, en aval du lac Léman (commune de Collonges).
Saison : automne.
Espèces : rapaces : balbuzards, milans, bondrées… ; cigognes, grues, pigeons, passereaux : pinsons, bergeronnettes…
Remarques : à Collonges, prendre le « sentier du Fortin ».

¬ Pointe de Grave

Département : Gironde.
Localisation : côtière (estuaire), au nord du Verdon-sur-Mer.
Saison : printemps.
Espèces : passereaux : alouettes, hirondelles, loriots… ; rapaces : faucons hobereaux, bondrées, milans noirs… ; martinets, tourterelles…
Remarques : début mai, la présence de braconniers dans le secteur (se reporter à la troisième partie de l'ouvrage) peut gâcher quelque peu le plaisir de l'observation.
Accueil-informations par la LPO de mi-mars à début juin (05 56 91 33 81).

¬ Organbidexka

Département : Pyrénées-Atlantiques.
Localisation : col de moyenne montagne entre Iraty et Larrau.
Saison : été, automne.
Espèces : rapaces : milans, bondrées, balbuzards… ; cigognes, grues, pigeons, passereaux : hirondelles, bergeronnettes, pinsons…
Remarques : accueil-informations par « Organbidexka col libre – Pertuis pyrénéens » (OCL) du 15 juillet au 15 novembre (05 59 04 87 50). Il existe également, dans les environs, un site d'observation au col de Lizarietta (au sud de Sare).

¬ Col de l'Escrinet

Département : Ardèche.
Localisation : col de basse montagne (787 m), à l'ouest de Privas.
Saison : printemps, automne.
Espèces : passereaux, pigeons, rapaces : balbuzards pêcheurs, milans…, grands cormorans.
Remarques : site pouvant être sensible au printemps en raison des conflits avec les « chasseurs » de pigeons…

¬ Montagne de la Serre

Département : Puy-de-Dôme.
Localisation : col de basse montagne (700 m), au sud-ouest de Clermont-Ferrand.
Saison : automne, printemps.
Espèces : passereaux, rapaces.
Remarques : accueil-informations par la LPO-Auvergne, de juillet à octobre – mais dates variables.

¬ Prat-de-Bouc

Département : Cantal.
Localisation : col de moyenne montagne (1386 m), au sud-est de Murat.
Saison : automne
Espèces : rapaces : milans, buses, bondrées… ; passereaux : grives, hirondelles…
Remarques : accueil éventuel (août-septembre).

Ailleurs

Chacun de ces sites vaut un voyage à lui seul et ne sera pleinement exploité qu'à la condition de passer plusieurs jours sur place et, surtout pour les trois derniers, de les visiter à l'automne et au printemps.

¬ Falsterbo

Pays : Suède.
Localisation : côtière (pointe située au sud de Malmö).
Saison : automne, surtout.
Espèces : passereaux : pinsons, tarins… ; rapaces : éperviers, buses variables et pattues, aigles royaux…
Remarques : ce site voit converger une part importante des migrateurs scandinaves, en route vers leur prochaine étape, le Danemark.

¬ Détroit de Gibraltar

Pays : Espagne.
Localisation : côtière (pointe de Tarifa et environs).
Saison : automne, printemps.
Espèces : rapaces, cigognes, passereaux… Également oiseaux marins.
Remarques : l'un des sites migratoires majeurs de l'hémisphère Nord. Effectifs énormes et éventail d'espèces très important.

¬ Détroit du Bosphore

Pays : Turquie.

Localisation : côtière (Istanbul).

Saison : automne, printemps.

Espèces : rapaces, cigognes, passereaux...

Remarques : l'un des sites migratoires majeurs de l'hémisphère Nord. Effectifs très importants et large éventail d'espèces.

¬ Eilat

Pays : Israël.

Localisation : côtière.

Saison : automne, printemps.

Espèces : rapaces : aigles, milans, éperviers, buses féroces... ; cigognes, pélicans, passereaux...

Remarques : l'un des sites migratoires majeurs de l'hémisphère Nord. Effectifs énormes et très important éventail d'espèces avec présence d'espèces d'Asie occidentale.

¬ Réserve de l'étang du Bagnas

Département : Hérault.

Espèces : aigrettes, flamants, limicoles : échasses... ; hérons pourprés, passereaux (fauvettes aquatiques), coucous, geais.

Remarques : visites guidées (04 67 01 60 23).

¬ Brenne

Département : Indre (réserve ornithologique de Chérine, étang de Beauregard).

Espèces : guifettes, limicoles, canards.

Renseignements : LPO (02 54 37 47 47).

¬ Lac du Der-Chantecoq

Département : Marne.

Espèces : grues cendrées : migration et hivernage ; rapaces : pygargues à queue blanche, milans, faucons pèlerins et émerillons... ; canards, oies.

¬ Parc ornithologique du Marquenterre

Département : Somme.

Espèces : canards, limicoles : avocettes, chevaliers... ; aigrettes, spatules...

Remarques : visites de mi-mars à début novembre (03 22 25 03 06) ; plusieurs parcours possibles.

¬ Réserve des Sept-Îles

Département : Côtes-d'Armor.

Espèces : alcidés : guillemots, macareux, pingouins ; fous de Bassan, puffins...

Remarques : visites en bateau au départ de Perros-Guirec, d'avril à août. Renseignements à la station ornithologique de l'Île-Grande (02 96 91 91 40).

Les haltes, l'hivernage, la nidification

sites d'observation en France

¬ Parc ornithologique du Teich

Département : Gironde (bassin d'Arcachon).

Espèces : canards, oies, limicoles, spatules...

Remarques : ouvert toute l'année (05 56 22 80 93).

¬ Réserve du marais d'Orx

Département : Landes.

Espèces : oies, canards, grèbes, limicoles, rapaces : faucons, busards ; passereaux : fauvettes aquatiques.

Remarques : visites guidées toute l'année (05 59 45 42 46).

¬ Parc ornithologique du Pont-de-Gau

Département : Bouches-du-Rhône (Saintes-Maries-de-la-Mer).

Espèces : flamants, canards, aigrettes, limicoles, passereaux...

Remarques : plusieurs parcours de découverte (04 90 97 82 62). Par ailleurs, l'ensemble de la Camargue est du plus haut intérêt pour l'observation des migrateurs, des nicheurs et des hivernants.

¬ Réserve de la baie de l'Aiguillon

Département : Vendée (L'Aiguillon-sur-Mer).

Espèces : oies, canards, limicoles, rapaces : busards ; aigrettes, spatules, passereaux...

Remarques : l'un des sites littoraux les plus importants, à cheval sur la Vendée et la Charente-Maritime.

¬ Réserve de Saint-Denis-du-Payré

Département : Vendée

Espèces : sarcelles d'hiver, guifettes noires, limicoles, spatules.

Remarques : visites guidées (02 51 27 23 92).

¬ Réserve naturelle de Lilleau des Niges

Département : Charente-Maritime (Les Portes-en-Ré).

Espèces : aigrettes, limicoles : avocettes, échasses, courlis... ; canards, bernaches...

Renseignements : LPO (05 46 82 12 34) ou réserve (05 46 29 50 74).

¬ Réserve naturelle de Moëze

Département : Charente-Maritime (Moëze).

Espèces : limicoles : courlis, barges, bécasseaux... ; bernaches, canards, sternes, rapaces...

Renseignements : LPO (05 46 82 12 34).

¬ Île d'Ouessant

Département : Finistère.

Espèces : fulmars, passereaux...

Remarques : l'île est un excellent point d'observation de la migration active des oiseaux marins : océanites, puffins, alcidés, fous, plongeons... ; c'est aussi un site de tout premier plan pour l'observation des migrateurs rares en halte, à l'automne notamment (voir le chapitre consacré aux espèces occasionnelles).

¬ Réserve des marais de Séné

Département : Morbihan (5 km au sud de Vannes).

Espèces : spatules, limicoles : échasses, avocettes... ; passereaux : gorge-bleues.

Remarques : ouverte au public de février à août (02 97 66 92 76).

¬ Réserve de Beauguillot

Département : Manche et Calvados (baie des Veys).

Espèces : canards, grèbes, limicoles.

Bibliographie

La plupart des ouvrages suivants sont devenus des classiques. Ils permettront aux lecteurs de disposer d'informations complémentaires sur les oiseaux migrateurs.

Alerstam T.,
Bird Migration,
Cambridge University Press, 1993.

Berthold P.,
Bird Migration: A General Survey,
Oxford University Press, 1993.

Dorst J., *Les migrations des oiseaux,* Payot, 1956.

Géroudet P., *La vie des oiseaux,* Delachaux et Niestlé ; sept tomes consacrés aux passereaux, aux rapaces, aux limicoles, etc. ; plusieurs rééditions de 1951 à 1998.

Par ailleurs, l'ouvrage *Où voir les oiseaux en France,* Nathan, 1989, donne de nombreuses indications pratiques sur les sites d'observation.

Remerciements

L'auteur tient à remercier tous ceux qui, à des titres divers, ont facilité la rédaction de ce livre ou la recherche de documents, et notamment :

J. Chevallier, A. Coulon, A. Czajkowski, L. Dard, M. Duquet, B. Kosel, Ph. Martin, S. Nicolle, C. G. Petrow, É. Piéchaud, P. Olombel, L. Perrot-Pradel pour la recherche et la traduction de citations tirées de la littérature espagnole ainsi que C. N. Vermeer et I. Kharitinova.

La précieuse contribution d'Odile Perrard a permis d'améliorer le texte chaque fois que cela était nécessaire.

La maquette d'Anne-Marie Bourgeois et son travail sur la mise en valeur des photos ont insufflé à ce « Grand Envol » une poésie qui rend plus vibrant encore cet hommage à la beauté des oiseaux.

Enfin, une part de la paternité de cet ouvrage revient à Yves Calvi.
Je l'en remercie très chaleureusement.

Ci-dessus, de gauche à droite
Fauvette mélanocéphale, courlis corlieu, tétras lyre, guillemot à miroir, bruant lapon, chardonneret, tournepierre à collier et bécasseau variable.

Page 185
En un étagement improbable dû à un effet de perspective, les grues tirent leur aérienne révérence.

Pages suivantes
Les grues cendrées dominent la lune.

crédit photographique

L'auteur remercie **Fabrice Cahez**, **Alain Jouffray**, **Gilles Martin**, **Michel et Vincent Munier**, **Philippe Prigent** et **Thomas Roger** d'avoir contribué à la réalisation de cet ouvrage de façon décisive en mettant à sa disposition durant plusieurs mois une partie de leurs collections personnelles afin de faciliter le choix des documents.

Merci, également, à **Marc Duquet** et **Rémy Marion** d'avoir répondu à des demandes ponctuelles.

Pascal Bourguignon : 18-19, 34, 36 (d), 46, 51, 53, 54 (d), 56, 66 (b), 69, 70 (g, d), 71, 72-73, 82 (g), 90, 93 (b), 100-101, 104, 165 (b), 166, 176-177, 180/mouette rieuse, 181/cormoran huppé, pages de garde arrière.

Fabrice Cahez : 43 (h), 68, 93 (h), 97, 124, 129, 143 (b), 156

Marc Duquet : 50, 75, 76 (b), 178, 184/bruant lapon.

Alain Jouffray : 41, 55, 60, 89, 91, 92 (d), 96, 98 (g, d), 114, 125, 133, 137, 140, 142, 145, 151, 180/rollier d'Europe, 181/mésange à moustaches, 181/ rossignol, 182/fauvette mélanocéphale, 183/chardonneret.

Rémy Marion : 21.

Gilles Martin : 38, 44, 52, 76 (h), 82 (d), 122-123, 128 (h, m, b), 144 (g, d), 154 (g, mg, md, d), 155, 157, 159 (h, b), 160, 164, 168, 180/grue cendrée et grèbe à cou noir.

Michel Munier : 12, 29, 31, 42 (b), 61, 92 (g), 108 (b), 110-111, 126 (g), 167, 169, 171.

Vincent Munier : couverture, pages de garde avant, 2-3, 6-7, 10-11, 14, 16, 22, 23, 28, 33, 35, 36 (g), 39, 40 (h, b), 45, 47, 48-49, 54 (g), 57, 61, 62, 78, 79, 80, 81, 83, 84, 85, 86-87, 94, 95, 106, 107, 108 (h), 130, 131, 132, 134-135, 139, 143 (h), 148-149, 150, 158 (h, b), 179, 185.

Philippe Prigent : 4-5, 27, 30 (g, d), 58, 63 (h, b), 64-65, 66 (h), 74, 77, 88, 102 (h, m, b), 105, 109, 126 (d), 152, 153, 172, 181/chevalier arlequin, 182/courlis corlieu, 183/tournepierre à collier et guillemot à miroir.

Thomas Roger : 20, 32, 42 (m), 59, 99, 115, 126 (m), 127, 138, 141, 146, 147, 161, 162-163, 165 (h), 170, 173, 174 (h, b), 183/bécasseau variable.

Merci à l'**agence Bios** pour les photos suivantes :

François Mordel, 8-9 ; Renard, 24-25 ; Georges Lopez, 27 (h) ; Benoît Renevey, 37 ; Roland Seitre, 42 (h) ; Cyril Ruoso, 43 (b) ; Jean-François Noblet, 67, 103 ; Hubert-Klein, 112 ; Jean-Philippe Delobelle, 113 ; Alain Guillemont, 116 ; Lundberg Bengt, 117 ; T. Mangelsen et P. Arno, 118-119 ; Ch. Sidamon-Pesson, 120, 121 ; Eduardo Santibanez, 136 ; Mike Lane, 175, 183/tétras lyre.

source des citations

Saint-John Perse, *Oiseaux*, Nrf, Gallimard, 1963.

Alain, *Propos*, Bibliothèque de la Pléiade, Gallimard, 1956.

Jacques Delamain, *Les jours et les nuits des oiseaux*, Stock, 1932.

Chateaubriand, *Mémoires d'outre-tombe*, III, 12, 1848.

Guy de Maupassant, *Les oies sauvages*, Des Vers, 1880.

Frédéric Mistral, *Mireille*, chant X, 1859.

Bernard Lorraine, *Oiseaux, La Poésie comme elle s'écrit*, Éditions ouvrières, « Enfance heureuse », 1979.

Théophile Gautier, *Ce que disent les hirondelles*, Chanson d'Automne, Émaux et camées, 1852.

Federico García Lorca, *Éloge des cigognes blanches*, Poésies (sous la direction de Marcel Belamich), Bibliothèque de la Pléiade, Gallimard, 1981.

Jorge Guillén, *Al aire de tu vuelo*, Cántico, 1928-1950.

Stéphane Mallarmé, *Brise marine*, 1866.

Buffon, *Histoire naturelle des oiseaux*, 1783.

Responsable éditoriale **Odile Perrard**. Responsable artistique **Sabine Houplain**.

Conception et réalisation graphiques **Anne-Marie Bourgeois**. Recherche iconographique **Guilhem Lesaffre**.

Correction **Fella Saïdi-Tournoux**. Cartographie **Cyrille Suss – Hachette Tourisme**.

Photogravure **Sele Offset**, à Turin. Achevé d'imprimer sur les presses de **Mame**, à Tours.

Dépôt légal : **14106-octobre 2001** ISBN : **284277339X 34/1501/5-01**